Med hjärtat fyllt av hat

© 2022 Orban, Elin
Förlag: BoD – Books on Demand, Stockholm,
Sverige
Tryck: BoD – Books on Demand, Norderstedt,
Tyskland
ISBN: 978-91-8027-574-3

KARAKTÄRSLISTA

Kvinnliga huvudrollsinnehavaren: Araya (Yaya) Duangnate

Arayas mamma: Anong (An) Kaewklang

Arayas mormor: Malai Kaewklang

Arayas biologiska pappa: Kamon (Mon) Intharueangsarn

Kamons första fru: Intira Janthanakorn

Arayas "farbror": Klahan (Han) Duangnate

Manliga huvudrollsinnehavaren: Harin (Rin) Fungmongkul

Harins mamma: Ratree Intharueangsarn

Khun – Är den vanligaste titeln och betyder ungefär herr, fru eller fröken.

Khun Nu – Finare fröken.

Khun Yai – Mormor. Farmor är Yaa.

Mor - Doktor

Lung – Farbror

Nai – betyder ungefär herre eller boss.

Thaan – Är en titel till någon som har mycket högre ställning än du. Till exempel en professor eller en hög ämbetsman.

Pee – Man sätter ett P före ett namn när man tilltalar ett äldre syskon eller en äldre nära vän. Också någon i högre ställning. Men personen ska gärna tillhöra samma generation som du. Att använda P innan namnet är ett sätt att visa respekt. Till exempel P'Lisa.

Nong – Betyder ungefär "lilla", "liten" eller "unga". Nong sätts före namnet och används när man talar med någon som är yngre. Säger man det till någon äldre är det ett sätt att förolämpa eller förringa personen.

FÖRORD

I Thailand är det vanligt att man avslutar orden med Ka, krap eller i vissa fall jao, för att vara artig och visa respekt. Thailändare talar också ofta om sig själva, i vad vi skulle kalla för, "tredje person". En thailändare skulle inte säga; "Du sårade mig", utan istället säga "Du sårade 'Anna'". De använder också ofta titlarna eller namnen när de pratar med någon. Istället för "du" sägs många gånger namnet eller titeln istället. Exempel: "Du sårade mig" blir alltså "Pappa sårade 'Anna'" Ofta säger man också Khun innan namnet, det, för att vara artig och visa respekt. Thailändare använder sig också för det mesta av tilltalsnamn eller titlar, och inte efternamn. Efternamn har bara funnits i ungefär 50 år i Thailand och om två personer har samma efternamn är de ofta släkt. Så "Fru Anna Petterson" skulle bli bara "Khun Anna". Det är också vanligt med smeknamn i Thailand. Nästan alla har ett smeknamn och det är ofta det som används när man blir tilltalad. Till exempel "Khun Anna", skulle istället bara bli "Khun An".

Ordet *"na"* används också ofta efter man gett någon en varning eller har en begäran. Det är för att göra så att meningen låter mjukare. Om Anna vill be någon om något skulle hon kunna säga "Kan jag få en glass, *na*?"

Men för att inte krångla till det för mycket har jag valt att "försvenska" denna bok. Jag kommer att använda ord som "du" och "jag", istället för namnet på personen. Jag har också valt att inte använda mig av Ka, jao eller krap, efter varje replik. Jag tänker heller inte använda ordet *na* efter en begäran eller varning. Jag hoppas att jag inte har krånglat till det för mycket och hoppas att ni kommer att tycka om: "Med hat i hjärtat".

PROLOG

Skulle du göra vad som helst på grund av hat?

Handen som höll rakbladet darrade lätt. Nu var det dags. Hon hade väntat och planerat i över en månad nu. Hon hade tagit över hans dator och kunde, om hon ville, fjärrstyra den. Förutom det hade hon också tillgång till alla hans lösenord, till hans schema och till alla journalerna. Men det var främst hans schema och mail hon var intresserad av. Hon hade till och med gått så långt att hon låtit privatdetektiver leta upp information, om inte bara honom, utan också alla hans kollegor. Det, för att hitta den felande länken. Vem skulle kunna tänkas hjälpa henne? Hon hade till slut hittat vad hon sökte. Hennes namn var Amporn Chankul och hon var sjuksköterska och arbetade sida vid sida med honom. Men det var inte det viktigaste. Det viktigaste var att Amporn hade skulder och var i desperat behov av pengar. Nu var bara frågan, skulle det räcka för att hon skulle låta sig mutas? Det skulle hon aldrig få veta om hon inte tog chansen. Nej, nu var det dags.

Araya drog ett djupt andetag och tryckte sedan ner bladet i låret. Smärtan var intensiv och hon kunde inte låta bli att grimasera illa. Men hon var inte dum. Hon hade undersökt var hon skulle skära sig själv för att göra minst skada och inte råka skära av någon nerv. Hon visste också hur djupt såret var tvunget att vara för att det skulle behöva sys. Hon såg nu hur röda droppar av blod letade sig upp ur skåran i låret och började sin vandring över hennes hud och ner mot golvet.

Hon skyndade sig att slänga en handduk över såren och tog sen upp sin YT smartphone och slog numret till sjukhuset där han jobbade. Hon bad att få prata med Amporn Chankul och berättade sedan vad hon ville och hur mycket pengar Amporn skulle få som ersättning.

Amporn visste först inte om det var sant, eller om det var någon som drev med henne. Men kvinnan i telefonen fortsatte att insistera på att hon ville bli behandlad av dr Harin Fungmongkul och ingen annan. Amporn visste att det var fel att ta emot muta, men tyckte samtidigt inte att det skulle vara så farligt att låta kvinnan, Araya Duangnate, bli behandlad av just dr Harin Fungmongkul. Dessutom var han lägligt nog ledig. Hans operation hade blivit inställd och han hade hoppat in på akuten istället.

Men det visste ju Araya redan. Hon hade hans schema och avlyssnade till och med hans telefon. Men det var givetvis inget hon upplyste Amporn om. Lättnaden var stor när Amporn till sist gick med på hennes begäran. Araya berättade att hon skulle komma till sjukhuset snart och lade sen på.

Araya svajade till och hade i några sekunder svårt att stå riktigt stadigt. Hon såg sig i spegeln och såg att hon var likblek. Hon var annars inte särskilt mörk, något hon alltid blivit retad för när hon var yngre. Det var bara en sak av allt hon blivit retad för. Hon var för lång, för spinkig och till råga på allt föräldralös. Det hade inte varit lätt att växa upp, även om givetvis hennes mormor, Malai, gjort sitt bästa, efter de förutsättningarna hon hade. Men det hade inte räckt för att Arayas uppväxt skulle kunna anses som lycklig.

Araya virade handduken runt låren, tog sen kuvertet med pengar, som låg på handfatet och lämnade hotellrummet. Hon skulle snart få träffa honom. Mannen som hennes biologiska far kallade son. Han hade inte velat ha henne, men denna dr Harin Fungmongkul behandlade Kamon, som om det vore hans eget barn. Han älskade honom högt och hade till och med lovat honom "Intharueangsarn Medicals", efter sin död. Idag jobbade dr Fungmongkul redan för "Intharueangsarn Medicals". Två dagar i veckan arbetade han på kontoret och hade hand om det administrativa tillsammans med styvfadern, Kamon Intharueangsarn. Och tre dagar arbetade han på sjukhuset som kirurg och läkare. Han ansågs av alla som en varmhjärtad och trevlig man, men Araya tänkte sig inte låta charmas av honom. Nej, han skulle charmas av henne.

Under tiden hon korsade gatan och med snabba steg närmade sig "Intharueangsarn Medicals" tänkte hon på nytt på fadern. Hon tänkte på hur han var ansvarig för hennes mors död. Hur han aldrig velat veta av henne och modern, utan kastat bort dom som man kastar bort en använd näsduk. Hon hade spenderat hela sitt liv med att hata honom innerligt. Hon hade hatat en man hon hört mycket om, men aldrig vetat namnet på. I alla fall inte förrän för fyra månader sedan.

Inte ens handduken kunde stoppa det kraftiga blodflödet. Hon kände, mer än hon såg, hur blodet gav henne randiga ben. Hon såg också hur folk tittade på henne där hon gick. Hon förstod hur hon måste se ut, men lät sig inte skämmas. Araya var för hård och kall för att skämmas. För målmedveten. Hon stod snart utanför sjukhuset, som bar hennes fars namn.

"Din far var en riktig skurk. Han krossade din mammas hjärta. Hade det inte varit för honom hade din mamma aldrig tagit livet av sig." Det var så hennes mormor Malai ofta sagt. Även om Arayas mamma dött när Araya bara var fyra år gammal, så pass liten att det var svårt att komma ihåg henne, hände det ändå att hon drömde om henne med jämna mellanrum. Hon drömde om hennes doft och värme. Om hur hon brukade ha Araya i sin famn, krama om henne och lova att allt skulle bli bra.

Med hjärtat fyllt av hat klev hon in på "Intharueangsarn Medicals" största sjukhus.

*

KAPITEL 1

27 år tidigare

Kamon hade varit på en resa med sina kompisar till Chiang Mai för att se de storslagna templen. Kamon hade specifikt kommit dit för att be. "Intharueangsarn Medicals" hade svårigheter. Hans farbror hade förskingrat massor med pengar från företaget och dom var nära att gå i konkurs. Men det fanns en räddning. Hennes namn var Intira Jaipetch och hon var enda dotter till Sompong Jaipetch, ägaren till möbelföretaget "Silk Worm". Även om ett möbelföretag och ett läkemedels och sjukhus-företag inte hade något gemensamt umgicks dom i alla fall i samma kretsar. Intira och Kamon hade till och med gått i samma skola och klass som yngre. Hon hade varit kär i honom sedan dess och när hon hört att hans företag hade problem, hade hon pratat med sin pappa, som kontaktat Kamons föräldrar och erbjudit giftermål och en stor summa i hemgift. Så pass stor att alla "Intharueangsarn Medicals" problem skulle försvinna. Även om Kamon inte gillade Intira på det sättet, hade han inget annat val än att förlova sig med henne. Dom skulle gifta sig om närmare två månader. En munk hade berättat för dom om ett gynnsamt datum. Ett datum som skulle ge dom välsignelse. Det hela var bland annat baserat på brudgummen och brudens födelsedag.

Dom var och besökte "Wat Phra That Si Chom Thong" templet när han först fick syn på henne. Hon var nog den vackraste varelse han någonsin sett. Hennes hud var ovanligt ljus och hennes drag var rena och fina. Hennes hår var böljande svart och låg i en rak man över ryggen. Hon bar en enkel vit skjorta och en lång blommig kjol. Hon var som oskulden personifierad. Han kände hur hans hjärta slog hårdare och hur hans kropp reagerade på hennes skönhet. I den stunden försvann alla tankar på Intira, hans fästmö, och allt han hade ögon för var henne. Hon hade också sett honom och rodnat inför hans intresserade blick.

Han gick kaxigt fram till henne, så som bara en rikemansson kan göra. Han behövde inte ens öppna munnen för att hon skulle vara fast. För henne var det kärlek vid första ögonkastet.

Kamon hade inte längre någon lust att umgås med grabbarna. Han hade bara ögon för den vackra kvinnan. Han fick reda på att hennes namn var Anong Kaewklang. Hennes namn var passande, för "Anong" betyder just vacker kvinna. Men vacker var inte nog för att beskriva henne.

Han fick reda på att hon just fyllt arton och det innebar att han var sju år äldre än henne och att hon fortfarande gick i skolan. Hon bodde inte långt ifrån Chiang Mai tillsammans med sin mamma, som var änka sedan många år tillbaka. I hans ögon var hon fattig, men ändå verkade hon lyckligare än vad han var. Det fascinerade honom hur någon som hade så lite och så dåliga framtidsutsikter kunde vara så lycklig. Hon drömde till och med om att bli något så simpelt som lärarinna. Nu är lärare välrespekterade i Thailand, men det var ändå inget som imponerade på den arroganta Kamon. Till och med efter att han fått henne, då han borde ha tröttnat och dragit vidare fortsatte han att fascineras av henne. Hon pratade med honom som ingen annan gjort. Faktum var att hon var en riktig pratkvarn och pratade gärna om ditt och datt. Han hade till en början förväntat sig att han skulle bli irriterad på det, men fann att han istället tyckte om att höra hennes pladder.

Han följde till och med, med henne hem och stannade längre i Chiang Mai än vad han tänkt. Hon berättade att mammans syster hade ramlat och vrickat foten och att mamman hade rest för att hjälpa henne i några veckor och att Anong nu var ensam hemma. Det passade honom perfekt. Han hade ingen lust att träffa hennes mamma. Det kändes för intimt. Dessutom kanske hon skulle få för höga förväntningar om han gjorde det. Han var noga med att inte lova henne guld och gröna skogar. Men det behövde han inte. Blott artonåriga Anong behövde inte höra sådana löften för att förvänta sig dom. Han var hennes första och enda kärlek och hon trodde att han kände likadant. Det var därför hon gav sin kropp och hjärta till honom. Hon brydde sig inte om hans pengar, hans fina namn och status. För henne hade han lika gärna kunnat vara tuk-tuk förare. Hon hade velat ha honom ändå. Men hon var ändå glad att han var rik. Det skulle underlätta livet för hennes mamma. Hennes mamma arbetade idag hårt för att få ihop till brödfödan, bostaden och Anongs skola. Anong hade där till ett riktigt läshuvud och det gick bra för henne i skolan. Hon var sin moders stolthet. Hon tänkte hur glad modern skulle bli när hon berättade att hon skulle gifta sig med arvtagaren till "Intharueangsarn Medicals". Men det blev inte som hon tänkt sig.

"Du måste åka?" upprepade Anong. Hon såg hur Kamon nickade. Hon kände hur hennes leende sakta dog bort. Men så tvingade hon sig att vara stark och log på nytt brett och sa hoppfyllt: "Men du kommer snart tillbaka?"

Kamon tvekade. Nej, han tänkte inte alls komma tillbaka. Han hade varit tillsammans med Anong lite mer än en vecka redan. Det var en vecka för mycket och hans familj hade börjat undra varför han inte kom hem. Han visste inte vad Intira skulle säga om hon fick reda på att han haft en annan. Kanske skulle hon avstyra bröllopet? Eller skulle hon bara tänka att män har behov och acceptera hans lilla snedsteg? Han tänkte inte ta reda på det. Om någon frågade skulle han bara säga att han blivit förälskad i det vackra landskapet och stannat kvar i Chiang Mai för att meditera och hämta andan.

"Kommer du inte tillbaka?" frågade Anong med darrande röst. Hon hade svårt at förstå situationen.

Kamon tog upp sin plånbok och tog fram en slät guldring ur myntfacket. Han satte det demonstrativt på vänster ringfinger och sa: "Jag är redan förlovad men en annan."

"Förlovad?" upprepade Anong stumt. Hon lät som en papegoja och upprepade osäkert allt han sa.

Kamon suckade. "Vi har haft det trevligt…" Han strök henne över kinden med handen och förtydligade: "Väldigt trevligt. Men nu måste det ta slut. Min familj och…" Han tvekade "…Min fästmö väntar på mig där hemma."

Anong kunde inte låta bli att gråta. Hon föll ner på knä och lät tårarna falla. Han försökte resa henne upp, men all kraft var borta i hennes kropp. Hon hade ingen ork till att stå. Hon kände sig fullständigt tillintetgjord. Till slut gav han upp och lät henne bara gråta. Han velade om han skulle gå eller stanna och tänkte precis gå när hon lyfte huvudet och såg på honom med tårfylld blick.

"Vi har haft det trevligt, sa du? *Trevligt*?!" upprepade hon högre. "Betyder jag ingenting för dig?"

Han log lite inställsamt. "Jo, absolut. Jag tycker att du är en jättefin flicka."

Anongs haka darrade och hon hade svårt att hålla känslorna i schack. Hon kände för att skrika rakt ut eller gråta tills hon inte hade några tårar kvar. Men gjorde inget av detta. Hon tvingade sig själv att vara stark. Kanske var det inte så illa som hon trodde. "Du älskar mig alltså inte?" förtydligade hon.

Han nickade. "Jag tycker som sagt att du är en jättefin och härlig flicka. Men jag är redan förlovad med Intira och jag ska gifta mig med henne." Han kunde inte låta bli att känna sig lite skuldmedveten inför den äkta förtvivlan i hennes blick och kände sig tvungen att försvara sig. "Det är inte som att jag vill gifta mig med Intira. Men du vet, Intharueangsarn Medical riskerar att gå i konkurs om jag inte gifter mig med henne."

"För mig spelar det ingen roll om du är rik eller fattig", sa Anong tyst.

Kamon tänkte snabbt. "Men du vet, det handlar inte bara om mig. Tänk på min familj. Min mamma, pappa och syster, för att inte tala om alla anställda på företaget. Som du vet, äger vi en stor läkemedelsfabrik där vi både tillverkar och utvecklar läkemedel. Därtill äger vi också tre stora sjukhus. Tänk vad många tusen anställda som jobbar för oss. Och sen är det deras familjer. Så många som skulle lida om jag inte gifter mig med Intira."

Hon nickade förstående. Han var inte bara hennes. Han hade ett ansvar mot andra också. Han ville inte gifta sig, sa hon sig och reste sig på darriga ben. Hon gick fram till honom och tog hans händer i sina. Han såg lite osäker ut. Hon log mot honom och snörvlade lätt.

"Jag kommer i alla fall alltid att älska dig. Jag kan vänta på dig. Om några år kanske situationen är bättre och du kan komma tillbaka till mig."

Det tänkte han givetvis inte göra, men han nickade ändå och tvingade fram ett leende. Hon kysste hans händer. Han höll sig för att inte dra tillbaka dom. Situationen var nästan outhärdlig och allt han ville vara att komma därifrån. Han drog undan sina händer. Hon såg förvånad ut och han skyndade sig att le ursäktande och sa att han hade ett plan att passa.

*

En månad senare förstod Anong art hon var gravid. Hon visste att Kamon ännu inte gift sig, men tänkte ändå inte försöka avstyra bröllopet. Hon ville inte förstöra för alla de tusentals anställda och deras familjer. Men hon tyckte ändå att Kamon hade rätt att veta att han skulle bli pappa. För abort var inte ett alternativ för Anong. Anong skrev därför ett brev till Kamon. Men han besvarade aldrig brevet. Hon skrev då ett till, men han besvarade inte heller det. Hon kunde snart inte dölja att hon var gravid och var tvungen att berätta för modern. Malai blev rasande och slog sin dotter med en smal pinne på benen. Men Anong grät inte. Hon visste att hon gjort fel. Malai undrade vem som var fadern, men Anong vägrade att berätta vem han var. Hon sa bara att hon skickat honom flera brev och att hon väntade på svar. Hon sa också att han lovat att en dag komma tillbaka till henne. Hon skulle vänta på honom. Malai var arg och besviken på sin dotter. Hon tyckte att hon förstörde hela sin framtid. Hon kunde inte längre utbilda sig till lärare som hon drömt om. Hennes framtid var förstörd. Hon måste nu ta hand om ett barn och börja jobba.

"Gör abort!" krävde Malai.

Anong skakade kraftigt på huvudet och höll sig skyddande över magen. "Det är för sent. Och även om det inte vore det skulle jag aldrig skada mitt barn. Jag älskar honom eller henne".

Malai daskade henne hårt i baken. "Dumma, dumma flicka!" skrek hon och gav henne ytterligare ett slag. Hon försökte lugna ner sig och komma på en lösning. Hon sken upp. "Du kan adoptera bort det".

"Mamma!" protesterade Anong högt.

"Det finns många utlänningar som vill ha barn. Vi kanske till och med skulle kunna tjäna en slant."

"Aldrig", svarade Anong bestämt. Hon tänkte aldrig ge bort sitt och Kamons kärleksbarn.

"Du får inte bo kvar om du inte adopterar bort barnet", hotade Malai. Malai menade egentligen inte det hon sa. Det var bara ytterligare ett försök från hennes sida att få hennes dotter att göra vad hon ansåg var det rätta.

Men Anong förstod inte det. Hon gick med bestämda steg till sitt rum och började packa sin väska. Hon hade precis packat klart när Malai kom in i rummet. Hon hade tänkt fråga om Anong tagit sitt förnuft till fånga när hon fick syn på väskan i dotterns hand. Hon kände hur en hand kramade om hennes hjärta och hur hon fylldes av panik. Men hon var för stolt för att ta tillbaka vad hon sagt. Anong kommer tillbaka snart, sa hon sig. Hon är bara arton år. Hon kan inte klara sig själv. Men Anong hade ingen tanke på att komma tillbaka.

Hon bröt kontakten helt med sin mor och startade ett nytt liv i Lampang. Det var svårt i början, ingen tvekan om saken. Men Anong var målmedveten och arbetsam. Hon hade också turen att träffa hjälpsamma människor. Hon fick jobb som servitris på en restaurang och kunde hyra ett litet rum inte långt bort. Väl tillrätta skrev hon till Kamon på nytt för att berätta att hon flyttat. Men fick inget svar på det heller.

*

Tre år senare satt hennes lilla dotter Araya och lekte på golvet med några klossar. Hon var ett snällt och lättskött barn. Hon gjorde inte mycket väsen av sig och hade inget emot att leka själv. Hon var Anongs stora lycka i livet och värd allt hårt arbete Anong fick utstå. Men Anong ångrade inget. Hon ångrade inte att hon träffat Kamon. Hon älskade honom fortfarande och väntade på honom. Då och då stod det något om honom eller "Intharueangsarn Medical" i tidningen.

Hon läste det då med största intresse. Idag läste hon något som fick henne att spärra upp ögonen. Intira Intharueangsarn, dotter till ägarna till företaget "Silk Worm" och hustru till Kamon Intharueangsarn hade dött i en bilolycka. Anong skämdes för att hon var så glad. En kvinna hade dött, men allt hon kunde tänka på var att nu kunde Kamon komma tillbaka till henne.

Hon väntade några månader, tänkte att han behövde tid att sörja, men att han snart skulle komma till henne. Hon skrev ett nytt brev, men det kom tillbaka. När ett år gått efter att Intira Intharueangsarn dött läste hon något nytt i tidningen. Det stod att Kamon Intharueangsarn hade fått cancer. Hon förlät honom genast för att han låtit henne vänta och tänkte att han nog var för sjuk för att komma till henne. Det betydde också att han behövde henne. Hon såg på sin dotter, som nu var fyra, kysste henne på huvudet och tänkte att snart skulle hon äntligen få en pappa.

Bara någon dag senare var allt ordnat. Araya skulle få sova hos en granne några dagar tills Anong kom hem och hämtade henne igen. Vid det laget skulle kanske Kamon följa med henne. Ja, om han var så pass pigg att han orkade det. Det var med lycka i bröstet Anong satte sig i en rosa taxi.

Men det blev inte som Anong tänkt. Många timmar senare och flera bussbyten senare befann hon sig äntligen i Bangkok. Trots att hon var trött, trots att hon var i desperat behov av ett mål mat och en dusch spillde hon ingen tid. Trött gick hon gatan fram vid stationen och frågade folk om de kunde tänkas veta var "Intharueangsarn Medicals" huvudkontor låg. Och till slut var det någon som visste var det låg. Hon andades lättad ut och började genast leta efter en taxi. Hon lät blicken vandra och det var då hon fick syn på löpsedeln med Kamons bild. Men han var inte ensam på bilden och texten som hörde till gav henne kalla kårar. Det kunde inte vara sant? Hon måste se fel. Hon var ju ändå en bit ifrån. Fylld av chock och förnekelse klev hon utan att tänka sig för rakt ut i gatan, för att ta sig en närmare titt på löpsedeln på andra sidan. Men någon närmare titt fick hon aldrig. Bussen träffade henne med en väldig kraft och några timmar senare var Anong död.

*

KAPITEL 2

Trots att det kan tyckas att Malai kastat ut sin dotter, älskade hon henne högt och sörjde kraftigt hennes död. När myndigheterna frågade henne om hon kunde ta hand om sin dotterdotter, svarade hon utan tvekan ja, trots att hon med åren utvecklat reumatism. En reumatism som bara blev värre och värre med åren.

Hennes hjärta ömmade för den lilla söta flickan som mötte henne. Hon såg så oskyldig och sorgsen ut. Utseendemässigt påminde hon mycket om den vackra Anong. Men man kunde se mycket av hennes okända pappa också. Socialarbetaren, som följt med lilla Araya till Malais hus, som låg en bit utanför Chiang Mai, bar en kartong i händerna. En kartong med grejer, som hon lämpade över på Malai. Malai tog motvilligt emot kartongen. Hon tyckte, att det hade varit viktigare för henne att krama eller hålla sin dotterdotters hand. Malai visste heller inte vad Anong berättat om henne. Om Araya kände till sin mormor eller kanske sett något fotografi på henne.

Väl inne i huset synade Malai sin dotterdotter, hon hade vackra, stora bruna ögon, en söt liten knapp näsa, lätt ovalt huvud, och mjuka, fina drag. Hade Malai inte vetat bättre, hade hon trott att hon var hälften västerlänning. Hon förstod, att hennes dotterdotter skulle växa upp till en riktig skönhet, precis som hennes mamma gjort. Bara hon inte slutade likadant. Malai var övertygad om att Anong tagit livet av sig. Varför skulle annars hon ha gått ut mitt i gatan så där? Hon såg på Araya och kände djup sorg. Sorg över att flickan förlorat sin mamma så tidigt och på ett så skamligt sätt, och sorg över att hon själv var sjuk och inte visste hur länge hon skulle finnas i flickans liv. Men hennes sorg byttes snart ut i hat. Hat gentemot mannen som gjort så här mot hennes dotter. Som tvingat hennes dotter till förtvivlans kant och puttat henne över. Det var ett djupt, innerligt hat. En evig brinnande låga av svart hat, som hon förde över till sin dotterdotter.

Åren gick och Araya började skolan. Hennes klasskamrater såg helt annorlunda ut än hon. Dom hade större näsor och mörkare hud. Men det var inte den största skillnaden. Den största skillnaden var att alla de andra hade både en pappa och en mamma. Alla kände till vad som hänt hennes mamma. Det hade deras föräldrar sett till. Redan första dagen i skolan hade en liten flicka gått fram till henne och frågat henne varför hennes mamma tagit livet av sig.

Araya hade inte vetat vad hon skulle svara. Det var bara början på mobbningen. Följande år var tuffa för Araya. De tuffaste dagarna var mors dag, när alla mammor följde med sina barn till skolan. Då barnen fick göra girlander till sina mödrar för att visa dom ära. Mammorna fick sedan sitta på varsin stol samtidigt som deras barn gick ner på knä för dom, visade dom sin vördnad och räckte fram girlanden. År efter år stod

Arayas mors stol tom, tills den dagen då hennes mor inte ens fick en stol. Malais hjärta ömmade för sin dotterdotter och hon hade gärna gått i moderns ställe, men hon måste jobba hårt, så hårt hon orkade med sin reumatism, för att kunna försörja dom båda.

"När jag är vuxen ska jag bli rik och då behöver du inte längre arbeta, mormor. Då ska jag ta hand om dig istället", sa Araya en dag. Mormodern log bara till svar. Hon undrade om hon ens skulle leva vid det laget.

Araya ignorerade glåporden i skolan och koncentrerade sig på att plugga. Hon märkte snart att hon var riktigt duktig på datorer. Även om Malai inte själv förstod sig på datorer och först tänkt att det var onödigt att flickan lärde sig om sådant, hade hon ändrat sig när alla hennes bekanta lovordat dom, och sagt att dom säkerligen var framtiden. Åren gick och Araya närmade sig tio och vid det laget var det hon som städade och lagade mat hemma. Malai hade blivit allt sämre. Som tur var hade dom en försäkring som gjorde att dom klarade sig utan att Malai jobbade. Men det var på håret. För att bidra lärde Araya sig engelska och åkte varje helg in till Chiang Mai och gav guidade turer till turisterna.

Till sist fick Araya nog av alla elaka ord och gav sina mobbare en varsin käftsmäll. Det blev början på en förändring inom henne. Hon kände hur hon blev hårdare och tuffare. Det blev inte bättre när Malai somnade in 2006, då Araya just fyllt 14. Men Araya hade tur.

Klahan Duangnate var en rik man och hade gått i samma skola som Anong. Eftersom han var några år äldre än hon hade han slutat skolan före henne och fortsatt sin utbildning i USA. Men han hade aldrig glömt sin första kärlek, Anong, och hade lovat sig att han nu, efter att han skilt sig, skulle söka upp Anong igen och uppvakta henne, i hopp om att hon ville gifta sig med honom. Han visste nämligen inte vad som hänt. Men istället för ett kommande bröllop kom han just i tid till Malais begravning. Han fick höra vad som hänt Anong och att hon efterlämnat sig en dotter. Han kastade en blick mot dotterns håll och fick se henne sitta klädd i svarta kläder längst fram i salen. Trots hennes mjuka drag uppfattade han henne som hård. Hon grät inte, utan satt med händerna knutna i knät och tog emot folks beklaganden. Han gick närmare och hon lade märkte till hans blick. Hon vred på huvudet och såg på honom. Hennes ögon var precis likadana som Anongs varit. Klahan tog då ett beslut. Han hade inte kunnat göra något för sin älskade, för Anong, och hon hade dött en tragisk död. Men han kunde göra något för hennes dotter, en blott fjortonårig flicka, som var alldeles ensam i världen.

Någon vecka senare var adoptionspapperna klara och Araya flög med till USA.

*

Dr Harin Fungmongkul, även kallad enkelt för Rin klev in i behandlingsrummet. På undersökningsbordet låg en vacker kvinna, iklädd en vit tubtopp, och ett par korta smaragdgröna linneshorts. Han gick fram till henne och hälsade genast med att sätta händerna mot varandra framför bröstet, med fingertopparna mot hakan. Hälsningen kallas "wai" och det är så thailändare hälsar. Ju högre upp man sätter händerna, desto mer respekt ger man. Men det är bara för munkar som fingertopparna ska träffa hårlinjen. Man ger heller inte "wai" till barn, servitriser eller arbetare.

Araya hälsade honom på samma sätt. Han lyfte på handduken och inspekterade såret. Hans blick var till Arayas stora förtret helt professionell. Han lät inte sina ögon smeka hennes långa välsvarvade ben. Han rörde lätt vid hennes sår och kollade hur djupt det var. Hon kunde inte låta bli att rycka till. Han rynkade bekymrat pannan och bad om ursäkt.

"Det här såret behöver sys, men oroa dig inte, jag ska ge dig lokalbedövning. Vet du om du är allergisk mot något? Eller om det är någon antibiotika du inte tål?"

Araya skakade på huvudet. Han nickade och satte på sig ett par kirurghandskar under tiden syster Amporn mätte upp bedövningsmedel i en spruta.

"Jag hoppas att du inte är rädd för nålar", sa Harin och hans leende var varmt. Inombords kastade Araya förbannelser på honom, men utåt sett log hon och försäkrade med sockersöt röst att hon inte var rädd för nålar. Att han hade mage att se så bekväm ut. Han tänkte säkert att sjukhuset snart skulle vara hans och att han var herre på täppan. Men så kommer det inte att bli, sa hon sig. Jag ska förstöra "Intharueangsarn Medical", om det så är det sista jag gör, lovade hon sig.

Under tiden han gav henne sprutan frågade han henne vad hon gjort.

"Jag lagade mat och slant med kniven."

Harin tyckte att det var ett mycket konstigt sår för att slinta med kniven. Men sa inget. Han hade ingen anledning att tvivla på hennes ord. Hon såg inte ut som en gangster och… han synade henne noga uppifrån och ner för att se om hon hade några blåmärken någon annanstans, men kunde inte se något. Och hon verkade inte ha blivit misshandlad.

"Ska jag hissa ner sängen så att du kan ligga mer bekvämt?" frågade Harin. Hon skakade på huvudet och försäkrade honom att hon inte var rädd för att titta. Hon log flörtigt mot honom. Men han verkade inte märka det. Istället frågade han.

"Äter du någon medicin?"

Araya skakade på huvudet och sa: "Nej, jag är frisk som en nötkärna."

Han nickade leende och började göra rent hennes sår. "Vad lagade du för mat?" frågade han vidare och tog sedan emot nål och tråd av syster Amporn.

Araya kände hur hjärtat hoppade till, men tvingade sig själv att lugna ner sig. Hon hade inte varit rädd när hon skar sig, så varför skulle hon vara det nu? Hon tvingade sig själv att le mot honom på samma intima sätt och svarade sen på hans fråga. "Panang Gai."

"Det är gott. Jag undrar vad cafeterian serverar för lunch idag", sa han och började sedan suturen.

Det var lite äckligt att se honom gång på gång sticka in nålen i köttet på henne och hon kunde inte låta bli att känna sig lätt illamående. Han verkade förstå något för han såg upp på henne. Hans blick var varm och omtänksam när han frågade om allt gick bra?

Hon tvingade sig själv att le ett naturligt leende och försäkrade att allt var bra. Hon betraktade honom under tystnad och tänkte att han var en väldigt attraktiv man. Han var lång, närmare 1.90 m och därmed lite mer än 20 cm längre än hon. Och hon ansågs som lång. Det hade alltid stört henne så länge hon bodde i Thailand, eftersom dom flesta andra är så korta, men hon hade varit tacksam för sin längd när hon bodde i USA. Där hade hon passat bättre in. Men hon saknade ändå Thailand när hon var där borta. Thailand var och skulle alltid vara hennes hem. Klimatet, naturen och folket var en del av henne och hon av dom.

Dr Harin Fungmongkul hade tjockt, svart hår, klippt i en prydlig frisyr. Han hade precis som hon mycket västerländska drag, men det berodde på att han var både en fjärdedel tysk och en fjärdedel norsk. Hans pappa hade varit halv tysk och hans mamma var halv norsk. Han hade lätt solbränt brunt ansikte, smala ögon och markerade ögonbryn. Hon visste att han gick på gym flera gånger i veckan, men det var inget som syntes när han hade sin vita läkarrock. Lika bra det, tänkte hon. Annars skulle väl kvinnorna vara ännu galnare i honom. Hon visste inte varför det störde henne. Hon visste att han inte var någon casanova, men gillade ändå inte att det vara så många kvinnor som ville ha honom. Hon visste, för hon hade läst allt om honom och kände till varandra kotte han kände och träffade. Han skulle nog inte bli glad om han visste hur långt hon gått för att spionera på honom. Hon tänkte på när hon bett ett bud, under en leverans, att sätta en bugg på hans telefon.

Hon var rädd för att illviljan mot honom skulle lysa igenom och tvingade sig själv att lugna ner sig och tänka på annat. Men det gick inte så bra. Tankarna vandrade iväg på nytt. Han trodde minsann att han var något, fortsatte hon att tänka. Vad var det som var så speciellt med honom att hennes pappa valt att behandla honom som sin egen son? Nej, nu måste hon sluta. Annars skulle han märka något. Han avbröt hennes tankar när han klappade henne lätt på låret och sa att det var klart.

"Nu ska det bara läggas om, men det kan syster Chankul göra."

28

Syster Amporn nickade. Hon hade redan förberett allt och gick nu och började lägga om det igen-sydda såret. Under tiden gick Harin till datorn.

"Jag ska skriva ut antibiotika och smärtstillande åt dig", förklarade han och började knappa på datorn. Vid det laget var syster Amporn klar och Araya gjorde sig beredd att resa på sig.

"Ta det lugnt, och se till att hålla såret rent och borta från vatten", instruerade Harin henne. Han räckte fram en hand mot henne och frågade om hon ville ha hjälp ner från britsen. Araya funderade. Det här var hennes chans att låtsas svimma och falla i hans armar. Hon höll tillbaka ett beräknande leende och skyndade sig sedan ner på fötter. Men hade inte räknat med den plötsliga yrsel hon kände. Det verkade som om hon inte behövde fejka något trots allt, för någon sekund senare svartnade det för ögonen.

Harin hade sett hur hon på bara en sekund blivit likblek och skyndat sig att ta emot hennes livlösa kropp innan hon föll till golvet. Han svor tyst innan han med lätthet svepte upp henne i sina armar. I förbifarten reflekterade han över hennes lätta tyngd. Trots att hon var flera cm längre än syster Amporn undrade han, om hon ändå inte vägde mindre än henne. Innan han kunde fördjupa sig i dom tankarna och den oro det skulle efterfölja, slog Araya upp ögonen i hans famn. Han skulle just till att sätta ner henne på britsen igen.

Någon sekund senare låg hon på britsen igen medan han tog hennes blodtryck. Även om Araya hade tänkt låtsas svimma kände hon nu skam för att hon gjort det på riktigt. Trots hennes annars bleka kropp var kinderna röda av blygsel. Hur fånig var hon inte som svimmat? Kunde hon inte låta bli att tänka.

"Du har fortfarande lite lågt blodtryck", sa Harin bekymrat och tog av hennes blodtrycksmätaren. "Du får ligga här och vila en stund tills du känner dig bättre. Hur ska du ta dig härifrån? Har du någon som kan skjutsa dig eller åker du taxi?" undrade Harin fortfarande bekymrad. Han funderade ett ögonblick på att själv erbjuda sig att skjutsa henne, men insåg att det var totalt olämpligt. Hon var hans patient och han måste uppträda professionellt. Sedan när ville han skjutsa en patient hem? Aldrig hade det hänt förut och Harin undrade om han inte var för emotionellt engagerad i Khun Araya Duangnate. Nej, det var verkligen inte lämpligt. Han bestämde sig för att från och med nu inte tänka eller bekymra sig för Araya mer än vad som var lämpligt. Han sa därför att han skulle titta till henne om en stund och lämnade sedan rummet. Syster Amporn följde efter honom och det nästan tjugo minuter innan dom båda kom tillbaka. Den här gången reste sig Araya utan problem och efter att hon tackat honom för allt, linkade hon sakta ut ur rummet. Hon log inombords. Han kanske tänkte att det här var slutet, att det här var sista gången de träffades, men där hade han fullkomligt fel. För det här var bara början. Araya hade redan planerat att de skulle träffas på en fest om två veckor.

*

KAPITEL 3

2006-2018

Livet förändrades avsevärt för Araya när hon kom till USA. Lung Klahan, eller "Han" som hon kallade honom, var en rik man. Han hade förvärvat sig en stor förmögenhet på datateknik. Araya gick från att ha trasiga skor och nästan bara äta ris varje dag till att bära märkeskläder och äta oxfilé varje dag. Man skulle kunna tro att en sådan rikedom kunde lindra mörkret inom henne. Men det fanns alltid där i bakgrunden. Araya, eller Yaya, som de flesta kallade henne, slutade aldrig hata, och eftersom hon aldrig tillät sig själv att sörja mormor Malais död, fanns också alltid sorgen kvar inom henne. För att inte tänka för mycket riktade Yaya in sig på att prestera. Hon gick in för att lära sig språket och prestera bra akademiskt. Fabror Klahan upptäckte snart att hon var duktig på datorer och lät henne specialisera sin utbildning på programmering och nätverkssäkerhet.

Yaya gick ut Harvard med toppbetyg och Fabror Klahan erbjöd henne en chefsposition på hans företag. Men Yaya tackade nej och startade istället ett eget företag, där hon bland annat reparerade, installerade och programmerade datorer. Hon hade själv skapat ett antivirusprogram som revolutionerat marknaden. Ingen trojan, spam eller virus kunde ta sig igenom hennes filter. Hon sålde sin idé till YT Group. YT Group var ett japanskt elektronikföretag som skapade allt från hushållsassistenter till datorer och dammsugare. Företaget leddes av Katsuo Tamaki.

Idag var hennes företag, "Anong SafeGuard", värt enorma pengar och hon behövde inte längre stödja sig på Fabror Klahan. Hon ville då gärna betala tillbaka allt Fabror Klahan lagt ut för hennes räkning genom åren. Men Fabror Klahan vägrade ta emot det.

Fabror Klahan hade en gång i tiden älskat Yayas mamma och idag älskade han henne. Hon var den dotter han aldrig fått, men hur han än försökte, kunde han inte ta sig igenom Yayas skal och nå hennes hjärta. Precis som hennes antivirusprogram hade ett enastående säkerhetsfilter hade hennes hjärta också det. Men filtret hennes hjärta hade kunde inte se skillnad på virus och kärlek. Den släppte inte in någon. Inte ens dom hon kallade för nära vänner var henne riktigt nära. Det gjorde Fabror Klahan ont i hjärtat att se henne sådan. När åren gick och hon redan hunnit fylla tjugosex utan att en enda gång varit kär eller haft en bästa vän, tyckte han att det var nog. Han hade länge tjatat på henne att gå i terapi, och för att blidka honom hade hon också gjort det. Men trots att hon sett sin terapeut till och från i nära tio års tid hade inget förändrats. För Yaya ville inte förändras. Hon höll fast vid sitt hat som en livlina, närde den och gav den mat. Den var hennes styrka och motivation i livet och han kunde inte förneka att den uträttat massor. Så som toppbetyg från en av USA:s bästa skolor eller enorm ekonomisk framgång via sitt företag, "Anong

SafeGuard". Men Yaya var inte lycklig. Även om hon skapat sig ett mer än drägligt liv i USA var Thailand ändå hennes hem. Och när man är sjuk eller dålig, vill man ofta vara "hemma" för att känna sig piggare eller bli frisk. Han tänkte att det var det som behövdes. Hon behövde ett avslut. Hon behövde åka tillbaka till Thailand. Hon behövde sörja sin mormor för att kunna gå vidare.

"Skulle jag resa till Thailand?" upprepade Araya förvånat. "Vad i hela världen skulle jag göra där?"

"Du skulle kunna besöka din mamma och mormors grav, och gå igenom din mormors saker. Dom står fortfarande magasinerade i ett förråd."

"Men jag har inget behov av det och det har inte dom heller. Dom är döda."

Trots att Araya vuxit upp som buddist och under sina år tillsammans med mormodern Malai ofta besökt templet för att be eller offra, var hon idag agnostiker och varken trodde eller inte trodde på något. Det sårade Lung Klahan att hon kände så. Han hade inte glömt sin uppväxt och försökte då och då få med henne till något buddisttempel, men hon kom alltid med ursäkter. Han hoppades att hon en dag skulle hitta tillbaka till sina rötter och till sig själv. Trots att han var troende och inte trodde att döden var slutet, fann han ingen mening i att försöka bevisa det för henne.

"Jag tycker ändå att du ska åka. Du har inte varit i Thailand på tolv år. Trots att jag åkt dit ofta har du aldrig följt med. Det är dags för dig att återvända hem."

"Det här är mitt hem nu", hade Araya protesterat.

Dom hade pratat en stund till och till slut hade Araya låtit sig övertalas. Hon insåg även hon att det var dags att möta sina demoner. Eftersom hon kunde sköta det mesta av sitt företag via internet såg hon ingen anledning att ta ledigt. Hon kunde jobba från Thailand lika väl som i New York. En vecka senare tog Araya därför flyget till Chiang Mai. Där besökte hon mamman och mormoderns begravningsplats, där deras aska blivit strödd. Hon gick ner på knä framför muren där hennes mamma och mormors namn stod. Hon såg fotografierna på dom, men kunde inte gråta. Hon försökte för ett ögonblick klämma fram en tår, men inget kom. Dom satt för långt inne. Även om hon trodde att en död person var död och inte kunde tänka, känna eller vara medvetande, ville hon ändå visa sin respekt, så som hon en gång blivit lärd. Hon satte sedan ihop händerna ovanför huvudet, med nederdelen av händerna vilandes mot hårlinjen. Hon blundade och sa en kort bön. Sen var det klart. Hon reste på sig och skakade av sig dammet från knäna. Nu hade hon gjort sin plikt. Nu kunde hon gå igenom alla mormoderns grejer och slänga allt skräp, vilket förmodligen skulle bli det mesta. Sen kunde hon äntligen återvända till USA. Kanske skulle hon till och med hinna med den där affärslunchen ändå, kunde hon inte låta bli att tänka under tiden hon tog en taxi till magasinet.

Magasinet var dammigt och fullt av spindelnät. Hon hostade häftigt och började sedan vifta bort dom närmsta spindelnäten. Trots att Malai varit fattig, hade hon i alla fall levt ett helt liv och under ett helt liv är det oundvikligt att man samlar på sig saker. Hon hittade gamla teckningar både hon och mamma gjort som små. Hon velade inför om hon skulle kasta dom eller inte. Dom är ju egentligen bara skräp, sa hon sig, men hon kunde inte hindra en klump från att forma sig i magen. Hon lade kartongen med teckningar åt sidan och tog sig an andra kartongen. Där hittade hon gamla kläder, som aldrig skulle bli moderna igen. "Kasta", tänkte hon och ritade ett kryss på kartongen och ställde den åt sidan. Efter att hon letat och kollat igenom en rad kartonger hittade hon en kartong märkt med hennes mammas namn: "Anong". Hon tänkte att det var ytterligare gamla saker hennes mamma haft som barn och tonåring, men där hade hon fel. I kartongen låg allt det hennes mamma lämnat efter sig efter att hon flyttat från Malai. Där låg bland annat mammas gamla kläder, enkla smycken, smink och lite papper. Där fanns Arayas födelsebevis. Hon läste på pappret, "Fader okänd". Jo, minsann, visst var han okänd allt. Hon hittade också en gammal dagbok som hon bestämde sig för att spara.

Hon höll just på att gå igenom bunten med papper när hon fick syn på ett brev adresserat till en viss Kamon Intharueangsarn. Brevet hade kommit tillbaka och var aldrig öppnat. Hon undrade vad som fått mamman att spara det och vem denna Kamon var. Efter en stunds tvekan öppnade hon brevet. Hon läste sedan brevet.

"Älskade Mon

Trots att vi inte setts på närmare fyra år älskar jag dig än. Hur har du haft de? Har du saknat mig lika mycket som jag har saknat dig. Inte en dag har gått utan att jag har tänkt på dig. Som du vet, gav du mig den största presenten, någon någonsin kan få, innan du for. Ja, vår dotter är redan tre år nu, Mon. Jag vet inte om du minns att hon heter Araya, precis som din mamma gjorde. Och hon är lik dig. Hon har din mun och dina ögon. För att inte tala om din längd!

Jag har hört vad som hände med Intira, din fru. Jag beklagar sorgen, men samtidigt kan jag inte låta bli att känna mig glad. Nu kan du komma tillbaka mig och vi kan äntligen bli en familj, du, jag och vår dotter. Åh, du kommer älska henne. Hon är så smart. Hon kan redan alfabetet.

Kommer du snart? Jag har väntat länge nu. Jag ser fram emot att få träffa dig snart igen och få kalla mig Khun Anong Intharueangsarn, när vi äntligen gifter oss. Snälla, kom snart.

Din kära An"

Araya kände raseriet glöda inom sig. Så hennes mamma hade längtat och hoppats på denna "Mon". Hon kollade på baksidan av kuvertet och läste att hans fulla namn var Kamon Intharueangsarn, mannen som var hennes far. Hon visste äntligen vem han var. Hon såg också när brevet var adresserat. Anong hade skrivit det drygt ett år innan hon dog. Hon hade väntat och väntat på att mannen hon älskade skulle komma tillbaka till henne, men slutligen gett upp, blivit förtvivlad och klivit ut mitt i gatan och tagit livet av sig. Araya kramade automatiskt ihop brevet till en liten boll och tänkte sen slita det i stycken när hon plötsligt hejdade sig. Insikten gick upp för henne. Hon visste vem hennes pappa var. Efter en stunds tvekan tog hon upp mobilen och googlade hans namn. Hon tänkte, jag har kanske tur, och det hade hon också. Bland de första träffarna som kom upp var en artikel om "Intharueangsarn Medicals" ordförande, Kamon Intharueangsarn. Hon bet ihop tänderna och spände käkarna. Hon hade hittat honom. Hon betraktade bilden på honom och såg mycket riktigt att de hade samma panna och mun. I den stunden brann hatet större än aldrig förr.

Kamon (Mon) beskrevs som en framgångsrik, smart och framför allt generös person. Han donerade ofta till välgörenhet och hade skapat en fond som hjälpte människor utan försäkring att få vård på något av hans sjukhus. Man beskrev honom som snygg och manlig. Som en riktig förebild för samhället. Ju mer Araya läste, desto argare och mer hatisk blev hon. Hennes mamma hade kämpat, hennes mormor ännu mer, som trots sin svåra sjukdom alltid sett till att dom hade mat på bordet. Medan denna Kamon badade i guld och juveler. Hans förmögenhet var långt större än både Fabror Klahans och hennes kombinerad.

Hon läste vidare och läste att han var omgift. Han hade visst träffat sin nuvarande fru på sjukhuset där han blivit behandlad för cancer. Hennes namn hade varit Ranee Fungmongkul och hon hade varit sjuksköterska. Han hade charmats av hennes skönhet och milda sätt. Så fort han hade blivit förklarad cancerfri hade dom gift sig. De hade varit gifta i tjugoett år nu. Dom hade inte fått några barn, men Ranee hade en son från ett tidigare äktenskap. Hans namn var Harin, också kallad för Rin, och han hade blivit som en son för Kamon. Han stod med i Kamons testamente och skulle en dag få ta över hela "Intharueangsarn Medical". Idag arbetade han som både VD och thoraxkirurg för "Intharueangsarn Medical". Han var näst under Kamon, som var ordförande. Det fanns ingen Kamon litade så mycket på som Dr Harin. Han var hans ögonsten och älskade "son".

Araya kunde inte låta bli att skratta högt. Hade någon gått förbi och hört henne hade denna undrat vad hon höll på med. För hennes skratt var varken hjärtligt eller glatt. Det var ett mörkt, hårt och bittert skratt. Ett skratt som hade sitt ursprung i mörkret.

Araya hade svårt att smälta det. Han hade svikit hennes mamma å det grövsta. Han hade kastat bort henne som om hon inte vore något värt. Hon läste mammas brev på nytt och lade märkte till raden: *"Jag ser fram emot att få träffa dig snart igen och få kalla mig Khun Anong Intharueangsarn, när vi äntligen gifter oss."*

Han hade till och med lovat att gifta sig med henne, men inte hållit löftet. Han var en riktig skurk, och det bara för hur han behandlat Anong. Anong hade inte varit den enda han behandlat illa. Hon själv, hans eget kött och blod var inte värt ett skvatt för honom. Han hade aldrig gett Anong något ekonomiskt bidrag, trots att han själv var mångmiljonär. Han hade aldrig brytt sig om att besöka Araya själv. Aldrig skickat ett kort på hennes födelsedag. Aldrig dykt upp på "fars dag" i skolan. Inte ens när Anong dog, för att inte tala om när Malai dog... hade han kommit till henne. Han hade inte brytt sig om vad som hände med henne. Han kunde älska denna Harin, men inte henne. Varför? Vad hade hon gjort för fel? Araya kände en klump i halsen, men tryckte ner den. Hon hade inte gråtit hittills, så varför skulle hon gråta nu? Varför gråta över ett sådant svin? Han var inte värd hennes tårar. Han var inte ens värd att dela hennes DNA. Araya kunde inte låta bli att läsa mammans brev ytterligare en gång innan hon bestämde sig. För mammas skull, och för hennes egen skull, skulle hon hämnas. Kamon hade aldrig gett dom ekonomiskt bidrag, så hon skulle nu ta ifrån honom

hans rikedom. Han var också orsaken till att den hon
älskat mest av alla i hela världen dött. Hon skulle nu
skada det han älskade mest. Hon skulle skada hans
"son" och krossa hans hjärta.

*

KAPITEL 4

Två veckor hade gått efter att Araya träffas Harin på sjukhuset och han sytt igen hennes sår. Det var nu dags för henne att träffa honom igen. Det var Kulap Aksornpans födelsedag. Araya hade träffat Kulap när hon studerade i USA. Trots att de hade studerat helt olika linjer hände det ändå att dom träffades på fester och tillställningar. Det, eftersom det var vanligt, att folk av samma folkgrupp höll ihop utanför skolan. Dom hade egentligen aldrig varit riktigt nära. Det, eftersom Araya av regel inte släppte in någon. Det var egentligen inte en uttalad regel, utan något hennes inre bestämt, egentligen utan hennes vetskap. Det var hennes undermedvetna som försökte skydda henne från att än en gång bli sårad och lämnad.

Precis som Araya hade Kulap avslutat sin utbildning på Harvard. Hon hade då, till skillnad från Araya, återvänt till Thailand och till sin familj där. Hon arbetade nu på familjeföretaget som ekonomichef. Det kändes lite konstigt, eftersom Araya visste att hon var en riktig partypingla. Men även en partypingla kan vara intelligent och sköta ett jobb bra.

Efter att Kulap återvände till Thailand hade de tappat kontakten, men när Araya gått igenom Dr Harins schema, hade hon sett att han skulle på en födelsedagsfest till Kulap, eftersom hans familj kände hennes. Araya hade då sett sin chans att träffa honom igen och hade genast kontaktat Kulap och bestämt att dom skulle äta lunch. Hon ville inte bjuda in sig själv och hoppades att hon inte skulle behöva det. Men det behövde hon inte heller. Det räckte med att hon beklagade sig lite över att hon kände sig ensam i Thailand och sen berättade om sitt företag och hur mycket hon tjänat det senaste året. Mer än så behövdes inte för att Kulap skulle "komma på" idén att bjuda in henne. För Kulap var status mycket viktigt. Arayas "släktskap" med Lung Klahan hade egentligen varit nog. Hon bjöd därför gärna in Araya på festen. Utan att behöva anstränga sig särskilt hade Araya återigen fått som hon ville.

Iklädd en lång, svart aftonklänning, med bar rygg och breda axelband, klev hon in i festlokalen. Eftersom Kulap var ett år yngre än hon och fyllde tjugofem, var det en betydligt större fest, än vad det skulle varit som hon fyllde tjugosex. Familjen hade därför hyrt en stor lokal, ordnat med catering och levande musik. I sina högklackade skor blev hon närmare 1.73 m lång och höjde sig över många av gästerna i lokalen. Men inte över dr Harin eller hennes pa… hennes ögon vidgades. Hon trodde inte att han skulle komma. Men mannen hon såg var onekligen Kamon Intharueangsarn, hennes biologiska far. Hon kände hur hennes andhämtning blev häftig och hon fick svårt att andas. "Lugna ner dig, Yaya", sa hon till sig själv. I just den stunden kom Kulap och hälsade henne välkommen. Hon fick se hur det var fatt med Araya och utbrast oroligt.

"Åh, kära nån. Hur är det med dig egentligen?"

Araya tvingade sig att lugna ner sig. Det krävdes all hennes självdisciplin för att andhämtningen åter skulle gå över till det normala och hennes puls få sin normala rytm. Hon tvingade sig själv att le och försäkrade sin värdinna om att allt var bra med henne. Hon öppnade sedan sin lilla kuvertväska och tog upp ett platt rektangulärt paket och räckte det till Kulap. Det var ett diamantarmband. "Grattis på födelsedagen", log hon. Kulap sken upp när hon tog emot paketet.

"Jag lägger det med de andra", sa hon. Hon haffade en av tjänstefolket som gick förbi och bad denne lägga presenten på presentbordet. Hon tackade sen Araya så mycket och bjöd in henne i lokalen.

"Vill du ha lite champagne? Frågade hon och såg sig om efter en servitris. Hon fick snart syn på en. Eftersom servitrisen var yngre än hon kallade hon henne "Nong", när hon bad henne hämta ett glas champagne till Araya. Hon bugade lätt med huvudet, log och sa:

"Ka, khun Nu", vilket betyder "ja, fröken".

En stund senare stod Araya med ett glas champagne i glaset. Hon rörde sig i en cirkel mot dr Harin och utbytte några ord med folk på vägen. Hon försökte att det skulle se så naturligt ut som möjligt. Hon väntade sedan på rätt tillfälle innan hon "låtsades" gå in i honom och spilla champagne på hans skjorta.

"Oj, förlåt mig så hemskt mycket", utbrast hon. Hon fiskade snart upp en näsduk ur den svarta kuvertväskan och började torka hans skjortbröst med det. Han försökte stoppa henne och sa vänligt:

"Det är ingen fara. Du behöver inte…" Han tog näsduken ifrån henne och fortsatte att torka själv. "Jag kan torka själv", sa han överflödigt.

Araya bad återigen, falskt, så hemskt mycket om ursäkt och suckade över att hon var så "klumpig".

"Det gör inget. Olyckor händer. Men…" han rynkade pannan. "Har inte vi setts förut?" Han tänkte efter en kort sekund innan han fortsatte. "Du är patienten som skar sig i låret när hon lagade 'Panang Gai'."

Araya log och låtsades just inse vem han var. "Och du är dr Harin Fungmongkul". Tänk vad världen är liten." Hon skrattade lätt. "Att jag skulle träffa dig här".

"Åh, kalla mig Rin... Förlåt, men jag minns inte ditt namn."

Araya beslöt sig för att inte bli irriterad över att han inte kom ihåg hennes namn. Att inte bli butter över att hon gjort så lite intryck på honom. Hon lovade sig att det skulle ändras snart. Att snart skulle han vara så förälskad i henne att han till och med skulle vara villig att dö för henne... och då… då skulle hon krossa hans hjärta. Hon tvingade sig att le hjärtligt och sa med varm röst:

"Jag heter Araya Duangnate. Men du kan kalla mig för Yaya."

"Yaya? som skådespelerskan Urassaya Sperbund också kallas?"

Araya log. "Ja, jag kallar mig likadant", erkände hon och log lätt skamset. "Men…" fortsatte hon. "Det var inte jag som valde det. Det var min mormor som brukade kalla mig för det."

Rin nickade. "Det är i alla fall lätt att komma ihåg. Men jag måste säga att jag tycker att Araya är mycket fint. Nästan så att det är finare", log han lätt.

Araya visste bättre än att tro att han flörtade med henne. Det var inget speciellt glitter eller glimt i hans blick. Hans ton var lätt och innehöll inga främmande löften. Han behandlade henne som om hon vore vem som helst. Artigt och trevligt.

"Tack," log Araya med samma falska värme som förut. "Så.." fortsatte hon. "Hur känner du *födelsedagsbarnet*?" Hon frågade fast hon givetvis redan visste precis hur dom kände varandra. Hon visste att hans mamma och Kulaps mamma tillhörde samma bokklubb. Hon visste till och med vilken bok de läste, "När jag var du" av Elin Orban. Araya hade inte läst den själv, men hört att den var bra, trots att den innehöll mycket stavfel. Hon tyckte att det var dålig stil av författaren att inte rätta sin bok bättre. Men det var å andra sidan författarens första bok. Hoppas hon lärde sig bättre till nästkommande böcker.

Rin avbröt hennes tankar med sitt lättsamma skratt. "Min mamma och födelsedagsbarnets mamma tillhör samma bokklubb", svarade han. Han såg nyfiket på henne. "Och hur känner du Khun Kulap?"

"Vi gick på samma skola i USA", svarade Araya lätt. Egentligen ville hon inte avslöja för mycket om sig själv, men insåg att han aldrig skulle bli kär i henne om hon inte gav honom något.

"Aha, läste du företagsekonomi precis som hon?"

Araya skakade lätt på huvudet. "Nej, jag läste datorprogrammering och säkerhet."

Han såg förvånad ut. "Imponerande", sa han ärligt och tog en smutt av sin champagne. När en servitris gick förbi bytte han ut Arayas glas och gav henne ett nytt. Hon skyndade sig att tacka och tänkte flyktigt att han var ganska omtänksam. Hon kom på sig själv och gav sig bildligt talat en örfil. Han är din fiende, sa hon sig. En äcklig dum liten råtta, var allt han var. Han avbröt på nytt hennes tankar.

"Hur är det förresten med ditt lår?" Har du haft mycket ont?" Han tänkte efter. "Skulle inte du ha kommit in och tagit bort stygnen för två dagar sedan?"

Araya log inombords. Han började minnas henne mer och mer. Sanningen var den att hon låtit bli att gå dit och ta bort stygnen med flit, och det tänkte hon fortsätta med, i förhoppning om att han skulle känna sig tvungen att ringa henne och påminna henne. Men det sa hon givetvis inte till honom.

"Åh, jag glömde det totalt. Jag har haft så mycket att göra. Och såret läker bra. Så bra som du sytt kommer det knappast bli något ärr."

Han log. "Du smickrar mig. Sanningen är den att jag hade svårt att få till en fin sutur i början. Jag fick öva mycket. Men om vi ska bli lite allvarliga. Det är viktigt att du kommer snart och tar bort stygnen."

"Aj aj doktorn", skojade Araya och gjorde honnör. Han log till svar.

I bakgrunden började en levande orkester spela upp en vals. Både Araya och Harin vände sig mot orkestern. Araya hoppades att han skulle be henne att dansa. Han gjorde henne inte besviken.

"Skulle du…" han tvekade. "Skulle du vilja dansa?"

Araya fick hålla sig för att inte le triumferande. Han spelade henne rakt i handen. Kanske betydde det här också att han redan var lite intresserad av henne. Varför skulle han annars be henne om att dansa? Eller ville han bara vara artig. Araya klistrade på ett leende och höll fram sin hand mot honom. Han såg först lite förvånad ut, men tog sedan hennes hand i sin och lät sig ledas ut till dansgolvet.

Han lade en arm om hennes midja och den andra handen höll hennes hand. Hon lade en hand på hans axel och den andra höll i hans. Hon var glad över att han inte verkade veta att mannen egentligen ska lägga sin hand mellan skulderbladen och inte i midjan. Inte för att hon ville att han skulle ta på henne, utan för att det gjorde situationen intimare och det i sig, tjänade hennes syften. De rörde sig enkelt till musiken och när valsen tog slut och orkestern började spela "My heart will go on", i original av Celine Dion, fortsatte de att dansa, trots att Araya inte var ett fan av låten. Av princip lyssnade hon inte på Celine Dion. Hon var fånig, och gjorde mest smöriga ballader, men hon fick väl göra ett undantag. Vem vet låten kanske skulle kunna tänkas bli "deras låt"? Brukade inte alla par ha en låt som de kallade "deras"? Kanske skulle han gråta i framtiden när han hörde den här låten? Inte för att han tänkte på filmen och för att den manliga huvudrollsinnehavaren dog, utan för att han tänkte på henne och hur hon krossade hans hjärta. Hon kunde inte låta bli att le nöjt mot hans axel vid tanken. De stod nu tätt intill varandra och hennes kind vilade mot hans axel. Hon hoppades att hennes Foundation inte skulle smeta av sig på hans kavaj.

Han var så nära att hon kunde känna hans dyra parfym. Hon kände igen doften som Hugo Boss "Bottled Tonic" och undrade om han hade hittat den doften, genom att googla vad kvinnor gillar för dofter, så som Fabror Klahan hade gjort. Hon skrattade nästan högt vid tanken, men lyckades hålla sig. Hon kände hur hans bröstkorg rörde sig under hennes kind och tänkte att han också drog in hennes doft. Men där skulle han aldrig kunna gissa vad hon använde för parfym. Efter att hon sålt sitt säkerhetsprogram till YT Group och tjänat flera miljoner dollar, hade hon besökt Thomas Fontaine, som är en parfymtillverkare för Jean Patou, och han hade skapat en doft speciellt anpassad för henne och hennes egen naturliga kroppsdoft. Hon visste att hon luktade gott och behövde inte betvivla att Harin njöt av hennes doft. Kanske lite arrogant tänkt. Men det är svårt att inte vara arrogant när man är ung och framgångsrik, så som Araya var.

Dom dansade så en stund till, innan Araya kände att det var dags att skapa lite utrymme mellan dom. Fick han för mycket av henne på en gång kanske han tröttade på henne och hon miste sin mystik. Nej, hon skulle locka och förtrolla honom. Få honom att känna som att det var han som jagade henne, och inte tvärt om. Hon hade hört att många män gillar sånt. Själv hade hon egentligen ingen erfarenhet. Hon hade aldrig varit kär. Hon hade försökt, verkligen försökt. Åren mellan hon var arton och tjugotvå hade hon dejtat mycket, men aldrig lyckats känna något speciellt för någon. Hennes första kyss hade varit fruktansvärd. Hans namn hade varit Mattias och han hade varit lika gammal som hon. Hon hade träffat honom samma dag och tröttnat på att vara den enda ur hennes bekantskapskrets som inte kysst någon. Tyvärr rökte Thomas och var ganska oerfaren han också. Så Arayas första kyss hade varit tillsammans med en kille hon just träffat och inte kände någon attraktion för, som stank cigarettrök och som tungkysstes utan att veta vad han höll på med. Ingen lyckad combo. Det hade dröjt länge innan Araya kysst någon igen. Och även om de senare kyssarna var mer angenäma, hade de inte lyckats locka fram passionerade känslor hos henne eller lockat henne till att gå vidare. Hon var helt enkelt kall. På collage hade man skojat och kallat henne "Isprinsessan". Araya hade givetvis inte tyckt om det smeknamnet, men höll ändå med om att det passade ganska bra på henne, i alla fall om hon skulle var helt ärlig.

Araya avbröt därför dansen, tog upp telefonen i kuvertväskan och låtsades läsa ett meddelande. Harin hade inte hört att telefonen plingat till och blev förvånad när hon sa att hon plötsligt måste gå. Han hann knappt säga adjö eller än mer fråga henne om hennes nummer, innan hon for iväg och berättade för värdinnan att hon tyvärr måste gå.

Kvar stod Harin. Han kände fortfarande hennes värme mot sin kropp och hennes doft dröjde sig kvar. Araya, vem är du egentligen? Frågade han sig och kunde inte låta bli att le för sig själv.

*

KAPITEL 5

En bit därifrån stod Kamon och pratade med en bekant. Kamon hade sett hur Rin dansade med en ung, vacker kvinna, han aldrig sett förut. Han såg hur dom dansade tätt intill varandra och undrade om dom kände varandra sedan innan. Så vitt han visste fanns det ingen kvinna Rin träffade. Han tänkte på att hans son redan var trettioett och undrade om det inte var dags för honom att stadga sig. Många i Kamons ålder hade redan barnbarn. Eftersom Kamon inte välsignats med egna barn projicerade han all sin kärlek på Rin och satte sitt hopp till honom. Han mindes när han först gift sig med Harins mamma, Ranee. Rin hade bara varit tio år då. Han hade varit ett trevligt och lättsamt barn. Han hade varit omtänksam redan då och studerade flitigt. Kamon hade ändå aldrig kunnat ana att den pojken en dag skulle vara honom lika kär som en son, och den han ville en dag skulle ta över hans företag.

Hans sällskap ursäktade sig och gick vidare. Kvar stod Kamon och smuttade på sin champagne. Han såg återigen på sin son och den vackra kvinnan han dansade med. Av någon anledning dök minnet av Anong upp. Han visste inte när han tänkt på henne senast. Han kunde inte låta bli att undra hur hon hade det? Han mindes hur hon en gång sagt att hon älskade honom och skulle vänta på honom. Inte väntade hon väl fortfarande? Han skakade på huvudet. Så fånig han var. Så förmäten han var som trodde att han betydde så mycket för henne att hon skulle ha väntat på honom i tjugosju års tid. Men så mindes han deras sista möte. Hur hon fallit ner på knä i förtvivlan och gråtit när han sagt att han skulle resa. Han kunde inte låta bli att känna dåligt samvete vid minnet. Så arrogant han varit som ung, arrogant och grym. Han borde aldrig ha inlett en relation med Anong när han var förlovad med Intira. Men hade han inte varit förlovad med Intira, hade hans farbror inte förskingrat pengar från "Intharueangsarn Medical", vem vet vad som hänt då? Hade han kanske stannat med Anong?

I samma stund fick han ögonkontakt med sin fru Ranee. Hon log mot honom och vinkade. Han log och vinkade tillbaka. Vilken tur han haft som träffat henne. Hon hade dykt upp när han mått som sämst. Som en brisfläkt hade hon svept bort hans sorg och bitterhet. Gjort att han kunde vara positiv och ta sig igenom cancern. Hon hade gjort honom till en bättre människa, mer ödmjuk och generös. Hennes son, eller borde han säga "deras" son, hade ärvt hennes sinnelag. Han skulle kunna göra en kvinna mycket lycklig en dag. Förhoppningsvis en dag, inte allt för långt bort. Idag kunde Kamon också göra sin fru lycklig, men så hade det inte varit i fallet med hans första fru. Intira hade varit olycklig hela deras äktenskap. Historien med Anong hade inte varit hans enda snedsteg. Han hade läst om de gamla kungarna från förr och hur dom hade flera fruar och beundrat dom för det. Han hade tänkt att det var onaturligt för en man att hålla sig till en kvinna. Ja, så hade han tänkt tills han träffat Ranee och hon tagit ner honom på jorden. Ibland tänkte han att den där cancern var det bästa som hänt honom. Ja, han hade verkligen förändrats efter det. När han tänkte tillbaka på hur han var innan kände han ogillande och dåligt samvete. Han tänkte på Anong som han lämnat, på breven hon skickat, där hon troligtvis bett honom att komma tillbaka, han var inte säker, han hade aldrig läst dom. Det skämdes han också för. Men det var för sent nu, tjugosju år för sent. Han tänkte också på Intira som dött så ung i en tragisk bilolycka. Han tänkte på hur det knappt rört honom ryggen, och om han inte varit orolig för att mista supporten från hennes far och hans företag, hade han nog inte ens brytt sig om att låtsas sörja. Han hade verkligen varit en hemsk människa. Han hoppades att han inte skulle få lida för mycket för det i efter-livet. Varje vecka besökte han templet och gjorde offer för att blidka gudarna, så att han i efter-livet inte behövde vänta för länge innan han kunde återfödas. Några gånger i månaden kom också flera munkar förbi med sina stora runda kopparskålar och fick mat av dom. I gengäld välsignade munkarna Kamon, Ranee och Harin. Kamon försökte verkligen att gottgöra allt ont han gjort.

Ranee kom fram till honom, log mot honom och tryckte hans hand lätt. Hade de varit ensamma hade hon gett honom en puss på kinden, men som det var nu, var dom bland folk och det passade sig inte att visa sådana ömhetsbetygelser offentligt. Kanske inte att värdinnan skulle misstycka, som bott i USA i många år och blivit präglad av hur dom tänkte där. Men den äldre generationen skulle säkerligen misstycka. Hon hade till och med sett hur några av dom äldre kvinnorna gett hennes son fördömande blickar när han dansade med den okända kvinnan. Ranee undrade vem hon var och hur hennes son kände henne. De verkade ganska nära. Ranee tänkte att hon måste komma från en fin familj, eftersom hon var med på en fest som denna. Men när hon frågade runt var det ingen som visste vem hon var. Det var inte förrän hon frågade värdinnan själv som hon fick svaret. Hon tänkte nu berätta det för sin man.

"En kompis från USA, säger du?" nickade Kamon förstående.

"Hon äger visst ett framgångsrikt dataföretag och är dotter till Klahan Duangnate."

"Jag känner igen namnet, men jag kan inte placera honom", svarade Kamon och rynkade pannan.

"Han äger "Duangnate Corporation". Du har ju en dator från hans företag hemma på kontoret," påminde hans fru honom.

"Ah, nu minns jag… Så hon är hans dotter." Han tänkte efter. "Jag visste inte att han hade barn", fortsatte han tankspritt.

"Hon är visst bara adoptivdotter."

"Det är inte så bara", sa Kamon och tänkte på sin egen styvson som han egentligen såg helt som sin egen. För länge sedan hade han också frågat Harin om han fick adoptera honom, men Harin hade respektfullt avböjt. Han sa att han ville att en del av hans far skulle leva vidare genom honom, genom att behålla hans efternamn. Kamon hade accepterat hans vilja och inte tagit upp det igen.

"Nej, det är det absolut inte", höll Ranee med och log varmt mot honom. Hon var glad över att han älskade hennes son så. Att hennes son som haft oturen att mista sin pappa så tidigt ändå fått en så bra förebild.

*

KAPITEL 6

Två dagar senare

Harin tog upp luren och började slå Araya Duangnates nummer, men avbröt sig halvvägs och lade på. Han ångrade att han sagt till sin sekreterare att han skulle ringa henne personligen. Men han hade inte anat att det skulle vara så svårt. Han förstod inte varför? Han hade knappt kunnat tänka på något annat än henne dessa två dagar som gått. Men visste inte om han skulle våga bjuda ut henne. Hon var ju ändå fortfarande hans patient. Han ville ändå träffa henne och hade väntat två hela arbetsdagar, plus övertid på att hon skulle komma. Han hade till och med frågat sin sekreterare allt för många gånger, om hon inte kommit och satt och väntade på honom. Men svaret hade alltid varit nej. Hade hon redan glömt att hon lovat att komma in, så att han kunde ta bort stygnen? Nej, det borde hon inte gjort. Kanske hade det hänt henne något? Han kände hur det bildades en liten klump i magen och sa sig själv att det bara var för att han var en så empatisk person.

"Äsch, Rin. Det är bara att ringa", sa han sig och tog återigen upp luren. Signalerna gick fram, men det var ingen som svarade. Det var inte förrän två timmar senare och två samtal till, som hon till sist svarade.

*

Araya såg på sin mobil. Den låg på bordet framför henne och surrade ilsket och bad henne att svara. Hon såg återigen att det var från sjukhuset. Hon kunde inte låta bli att le. Hon hade fått som hon velat. Han hade varit tvungen att jaga henne. Att han ringt hela tre gånger visade också hur angelägen han var. Hon, som till en början misströstat, eftersom det dröjt hela två dagar innan han ringt, gladde sig nu åt att han ringde. Om det nu var han som ringde förstås. Det kunde ju också vara hans sekreterare. Hur som helst var det en seger för henne. Det visade att han tänkt på henne. Att han lagt märkte till att hon inte dykt upp, fastän hon lovat det. Kanske satt han redan på kroken?

Araya tog ett djupt andetag och väntade ytterligare en signal innan hon svarade.

"Du pratar med Araya Duangnate. Vem är det jag talar med?"

"Jo, det var dr Harin Fungmongkul", började Rin.

Araya låtsades tänka efter. "Vem?" började hon, men avbröt sig.

Rin blinkade förvånat till bakom luren. Kände hon inte igen varken hans röst eller namn? Han som knappt kunnat tänka på något annat än henne sedan dom träffades på festen för två dagar sedan. Han beslöt sig för att inte vara för ledsen för det, och fokuserade på uppgiften framför sig. Hon var ju faktiskt först och främst hans patient. Inget annat, sa han sig.

"Vi träffades på Kulaps födelsedagsfest, det minns du väl?" förtydligade han.

"Ah, Rin! Just det. Vad kan jag göra för dig?"

"Du måste ha glömt det, men du skulle ju komma och ta bort dina stygn."

"Åh, ja just det." Araya låtsades låta ångerfull. "Jag ar haft så hemskt mycket att göra att jag helt glömt bort det. Jag ska kolla i min almanacka om jag inte har en lucka i morgon." Araya väntade några sekunder innan hon svarade. "Ja, jag skulle kunna komma imorgon förmiddag, vid ungefär kl 11. Passar det dig?"

Rin glömde helt bort att det borde vara han, som var läkare, som berättade när det passade honom att hon kom, inte tvärtom. Han var bara så glad över att höra att hon skulle komma, att han helt kom av sig.

"Ja, det går bra", svarade han snabbt. Innan han kom på att han kanske borde kolla sitt schema först. "Eller vänta, jag måste kolla mitt schema", skyndade han sig att säga och klickade upp schemat på datorn.

Gör det du, tänkte Araya roat. Hon hade ju redan tillgång till hans schema och hade valt en tid, som hon visste skulle passa honom. Han bekräftade det mycket riktigt bara några sekunder senare.

"Det går så bra så. Då ses vi i morgon kl 11. Och glöm nu inte bort att komma", förmanade han henne.

"Nejdå", lovade Araya. Och det här gången tänkte hon faktiskt komma.

*

Eftersom hon inte ville anses som slarvig, speciellt efter att hon inte kommit när hon sagt att hon skulle det, var hon nu ute i god tid och kom redan tjugo i elva. På sig hade hon ett par åtsittande blåa jeans och en enkel vit, V-ringad skjorta. Hon bar sitt långa, raka, kastanjebruna hår uppsatt i en hög knut på huvudet. I öronen satt stora ringar av guld. Hennes bruna ögon ramades in av svart mascara och ett matt, vinrött läppstift täckte hennes läppar. Även om det kunde tyckas som om hon bar vilka kläder som helst, hade hon ändå valt sina kläder med omsorg, framförallt byxorna. Dom var just så åtsittande att det skulle bli omöjligt att dra upp dom tillräckligt långt för att han skulle komma åt hennes sår och ta bort stygnen. Hon skulle bli tvungen att dra ner byxorna och visa sig i trosorna för honom. Även trosorna hade hon valt med omsorg. Hon hade fått för sig att många män gillade spets och hade därför köpt sig ett par exklusiva "Victoria's Secret" trosor, just för det här ändamålet.

Hon såg att dr Harins sekreterare då och då sneglade på henne. Hon visste att hon inte följde mängden. Förutom hennes utmanande kläder, satt hon även på ett sätt som var ovanligt för många thailändare. För thailändare är det lika med tabu att visa fötterna. Men Araya satt nu med ena benet över det andra, med fötterna hängandes i luften, i en självsäker pose och tog sedan upp ett magasin som hon förstrött började bläddra i.

Dr Harins sekreterare var en medelålders kvinna, med prydlig uppsyn. Men hon verkade nervös av sig. Eller kände hon sig bara hotad av Araya? Hon hade svårt att koncentrera sig på arbetet och stoppade då och då naglarna i munnen, för att bita på dom, innan hon kom på sig själv och snabbt tog bort dom.

När klockan prick slog elva hörde hon hur interntelefonen ringde till. Det var dr Harin som sa till sin sekreterare att visa Khun Araya in. Trots att Araya hört samtalet satt hon lugnt kvar och låtsades intressera sig för sin tidning. Dr Harins sekreterare reste sig snabbt, gick fram till henne och berättade att Dr Harin var redo att ta emot henne och följde sedan med henne hela vägen till Harins rum.

Dr Harin satt vid sitt skrivbord när hon kom in. Han skyndade sig att resa på sig och gå fram till henne. Hon satte ihop händerna och gav honom ”*wai*”. Han följde hennes exempel.

”Dr Harin”, hälsade Araya artigt.

”Khun Araya”, hälsade Harin tillbaka.

Han frågade sedan hur hon haft det. Om hon haft några problem med sitt sår, om det gjort mycket ont och om hon ätit all medicin han skrivit ut till henne. Hon log och försäkrade honom med sockersöt röst att hon inte haft några problem, och att hon noga följt hans ordinationer. Hon såg hur han sneglade på hennes byxor och rynkade lätt på pannan. Han måste inse precis som hon, att hon skulle bli tvungen att ta av sig byxorna.

Hon hade rätt. Det var precis så Rin tänkte. Han kände sig ovanligt nervös. Han brukade aldrig ha några problem med att se en patient, lätt eller helt avklädd, och var alltid professionell. Men nu kände han sig, som sagt, nervös. Han tänkte på deras dans och hur tätt intill de stått varandra, och kunde inte låta bli att svälja hårt. Oboy, hur skulle det här gå, kunde han inte låta bli att tänka. Ta det lugnt, Rin. Hon är som vilken annan patient som helst. Du behöver inte vara orolig. Behandla henne bara som om hon vore vem som helst. Som du uppför dig nu är inte lämpligt, bannade han sig själv. Han hade svårt att vara still med fingrarna och hans röst lät hes när han bad henne att ta av sig byxorna. Han harklade sig lätt och upprepade:

"Om du skulle vilja vara så vänlig och ta av dig byxorna och lägga dig på båren."

Han såg hur hon sakta började dra ner byxorna. Det kändes som en evighet från det att hon börjat dra ner dom och visa lite hud till dess att de låg nere vid hennes fötter. Han kom på sig själv med att stirra på hennes sexiga trosor och hade han varit en mer arrogant man, hade han kunnat svurit på att hon bar dom för hans skull. Men nu var han inte sådan och tänkte att någon som hon, en framgångsrik karriärkvinna nog ofta bar sådana underkläder. Han kände hur kinderna färgades långsamt röda. Han tvingade sig själv att titta bort och kunde då inte se Arayas triumferande leende. Han gick sedan snabbt till sitt skrivbord, tryckte på interntelefonen och ringde sin sekreterare. Hennes röst hördes snart i högtalaren.

"Khun May, vill du vara så snäll och komma in på mitt kontor?" bad han andfått.

Vad höll han på med, undrade Araya under tiden hon lade sig på båren. Varför kallade han på sin sekreterare? Det var ju inte enligt planerna. Det var ju meningen att dom skulle vara ensamma.

Khun May såg förvånad ut när hon kom in i rummet. Hon förstod inte heller vad hon gjorde där. Hon väntade på instruktioner från sin chef. Hon tyckte att han såg konstig ut. Hans ansikte var rödflammigt och hans såg ansträngd ut. Kanske mådde han inte bra, funderade hon.

"Det vore bra om du kunde hålla Khun Araya sällskap. Kanske känner hon sig utsatt, om hon är ensam med mig i rummet."

May nickade förstående och gick fram till Arayas sida. Hon log uppmuntrande mot henne. Araya fick hålla sig för att inte gnissla tänderna. Hon kände sig irriterad, ända fram tills hon började fundera, och kom fram till att dr Harin måste vara påverkad av hennes nakenhet och därför inte vilja vara ensam med henne. Hon höll tillbaka ännu ett triumferande leende och såg sedan på under tiden dr Harin lade fram allt han behövde på ett rullbord, och sen började ta på sig ett par undersökningshandskar. Hans händer darrade när han höll på. Ja, visst var han påverkad allt. Tänkte hon nöjt.

Harin skämdes. Hur kunde han låta en patient påverka honom på det här sättet? Det var verkligen inte professionellt. Han tröstade sig med att det var första gången och att det var bara för att han dansat med henne som han kände så här.

Med en mjuk bomullstuss dränkt i sprit baddade han snart hennes sår, innan det var dags att ta bort stygnen. Hans hand darrade och Khun May frågade om han mådde bra. Han tvingade sig själv att le och försäkrade henne sen att han mådde bra. Hon såg inte helt övertygad ut, men sa inte emot.

Till Harins stora glädje kunde han snart fokusera på uppgiften och enkelt ta bort stygnen utan att det gjorde ont på något sätt. Han log ett äkta leende när han var klar.

"Så där ja, nu var det klart", sa han och skulle till att klappa henne lätt på låret, precis som han gjort förra gången, men kom på sig själv och avbröt sig i luften.

Araya såg upp mot hans ansikte, mötte hans ögon och log mot honom. Han kände hur hans hjärta slog en volt. Hon hade det vackraste leende en kvinna någonsin haft, tänkte han och mötte hänfört hennes blick.

"Tack så mycket, doktorn. Jag är säker på, att om det inte varit ni som sytt mig skulle jag ha ett jättefult ärr nu", smickrade hon honom. Det dröjde något innan han svarade. Han var för upptagen av att se på hennes leende mun. När han väl kom till sans skyndade han sig att förneka det hon sagt.

"Inte då", sa han ödmjukt. "Alla som arbetar på 'Intharueangsarn Medicals' doktorer skulle gjort ett lika bra jobb".

Araya lade utstuderat en hand på hans och sa leende. "Nu är du bara ödmjuk. Tacka istället och ta emot min komplimang".

Han fick nästan en hjärtattack där och då. "Ja…jag..." började han. Men så kände han Khun Mays konfunderade blick och skyndade sig att samla sig. Han harklade sig och sa enkelt: "Tack."

En stund senare hade Araya på sig byxorna igen. Dr Harins hade berättat för henne hur hon skulle fortsätta sköta såret och lovade att ärret skulle vara borta inom några år. Hon tackade återigen och väntade på att han skulle säga något, bjuda ut henne på middag eller så. Men inget kom.

Visst lekte Harin med tanken, ja han var till och med på väg flera gånger att bjuda ut henne, men vågade inte när Khun May var närvarande. Han visste heller inte om det verkligen var lämpligt. Men å andra sidan. Från och med nu skulle han inte längre vara hennes läkare. Såret var läkt och stygnen borta. Vad hindrade honom egentligen? Han var ju intresserad. OM han var intresserad. Intresserad, var bara förnamnet.

Men när han aldrig kom till skott gick Araya över till plan B och gav honom sitt visitkort innan hon gick. Hon väntade sedan fyra dagar på att han skulle ringa och bjuda ut henne, men det gjorde han inte. Men Araya kände sig inte uppgiven för det. Hon hade planerat även för det.

*

KAPITEL 7

Trojanen Araya hade tillverkat fungerade fint. Till skillnad från virus, är trojaner mycket enklare att programmera och gör i stort sett samma skada. Det är därför som virus i stort sett har försvunnit helt. Nu var Araya, givetvis, så pass skicklig att hon hade kunnat programmera ett virus om hon ville det. Ett virus som kunde lura även de smartaste antivirusprogram, och komma igenom även de mest solida brandväggarna. Men de var mer tidsödande att skapa, än vad trojaner var.

Eftersom folk är mer upplysta idag, speciellt på så stora företag som " Intharueangsarn Medicals", antog Araya att det skulle vara slöseri med tid att försöka lura Harin att själv ladda ner hennes trojan, genom till exempel en bifogad fil i ett epost-meddelande eller genom att locka honom att installera en så kallad .exe fil, som innehöll trojanen. Istället letade Araya efter en säkerhetslucka i Harins dators operativsystem. Eftersom Araya också var så pass skicklig, som hon var, kunde hon slinka igenom säkerhetnätverket och plantera sin trojan, utan att datorn upptäckte det. Hennes trojan verkade nu i bakgrunden och gav henne tillgång till allt från lösenord, till känslig information, som journaler. Den gav henne till och med tillgång till Harins kontokortsnummer. Hon hade ett tag lekt med tanken att beställa tio tusen gummiankor till Harin, som han var tvungen att betala, men i slutändan ansett att det skulle vara under hennes värdighet. Det fick ligga som en plan B eller kanske till och med en plan C. Men det var främst inte lösenord, journaler eller kontokortsnummer som Araya var ute efter. Nej, hon använde sin trojan till att spionera på Harin. Hon fjärrstyrde hans dator och kunde, om hon så ville, sätta på hans mikrofon eller webbkamera och lyssna och se på honom. Men det ville hon inte. Istället skrev hon snabbt in några kommandon, tryckte på några knappar så att hela Harins datorskärm blev blå och fylldes av en massa text. Hon lutade sig sedan tillbaka med en kaffe i handen och väntade på att showen skulle börja.

*

Harins arbetsdag hade just börjat, men han kände sig inte riktigt pigg ännu. Med en kaffe i handen satt han och spelade "Harpan" på sin dator. Han höll just på att klara setet när hela datorskärmen blev blå och fylld av massor med obegriplig text. Harin testade att trycka på ctrl, alt och delete, för att få upp aktivitetshanteraren. Han tänkte att det var "Harpan" som kraschat och att han "bara" behövde tvinga datorn att stänga av det, för att allt skulle återgå till det normala. Men inget hände. Han gjorde då, som många andra, och testade att stänga av datorn och satte sen på den igen efter någon minut. Men inte heller det fungerade. Det verkade som om Harin behövde hjälp av en datatekniker. Han kallade på sin sekreterare Khun May. Hon kom genast in.

"Vill du vara så snäll och ringa efter en datatekniker. Datorn har kraschat."

May nickade och neg samtidigt och skulle sen lämna rummet när Harin stoppade henne. Harin hade fått syn på Araya Duangnates visitkort, som låg på skrivbordet.

"Vänta lite", sa han och tog upp visitkortet och läste på det: "Anong SafeGuard", följt av Arayas titel och fullständiga namn. Han kunde inte låta bli att le. Det verkade som om han skulle få se henne igen. Hela veckan hade han velat om vare sig han skulle ringa henne eller inte. Han tänkte på alla gånger dom träffats nu och eftersom han var religiös, kunde han inte låta bli att undra, om det inte var högre makter med i spelet, som önskade att han skulle bli tillsammans med Araya? Varför annars hade de träffats på så många slumpartade sätt? När han tagit bort hennes stygn hade det visserligen varit planerat, så det räknades inte. Men det här, att hans dator kraschat bara dagar efter att han träffat henne och att hon av ren tillfällighet, ägde och drev ett dataföretag. Det måste väl ändå betyda något?

"Ja, Dr Harin", undrade May och avbröt hans tankar. Han log mot henne och sa att han själv skulle ta hand om saken och hon kunde fortsätta med det hon hållit på med. Det hade varit att dricka en kopp kaffe och käka en muffins, men det sa hon givetvis inte.

*

68

Idag var Araya klädd i ett par svarta linnebyxor med smal passform, en vit och svartprickig, figursydd kortärmad blus, som satt under en svart kavaj med stora guld knappar på. På fötterna hade hon ett par låga svarta klackskor och som toppen på moset hängde en enkel guldkedja kring halsen.

Khun May hälsade henne välkommen och visade sen in henne på dr Harins kontor. Han satt framför skrivbordet och skrev på sin laptop när hon klev in. Även den kunde hon fjärrstyra om hon så ville. Den använde han främst när han arbetade utanför kontoret, dvs hemifrån eller på möten. Hon hade lekt med tanken att krascha den också, men tänkt att det skulle vara för osannolikt att båda hans datorer krånglade samtidigt. Kanske skulle de då upptäcka hennes intrång?

Han reste sig genast från stolen när hon klev in och gick fram och hälsade henne välkommen.

"Khun Yaya", hälsade han familjärt och gav henne "wai". Han log innerligt mot henne och Araya fick hålla sig för att inte se triumferande på honom. Hans hjärta var så gott som hennes redan.

"Dr Rin", hälsade hon lika familjärt tillbaka. Precis som han, hälsade hon genom att sätta händerna mot varandra så att fingertopparna rörde vid hakan.

May såg från den ena till den andra och undrade hur det kom sig att de båda talade till varandra vid smeknamn. När hade de kommit så nära? Dr Harin visade med en gest att hon kunde gå. Motvilligt gick hon därifrån. Hon kunde inte låta bli att känna sig smått svartsjuk. Dr Harin var ett riktigt kap och hon var inte ensam på sjukhuset om att drömma om honom. Hon var dessutom inte så många år äldre än han. Sju för att vara exakt. Hon suckade inombords. Redan trettioåtta år, ogift och barnlös. Hennes liv var verkligen ingen höjdare. Inte verkade det som om hon skulle få dr Harin heller. Hon såg hur hennes chef såg på den yngre kvinnan. Hon var alldeles för självsäker för Mays tycke och smak, men inte för dr Harins verkade det som. Varför kunde han inte se på May istället? Hon var visserligen inte lika vacker eller iögonfallande, men hon var proper, prydlig och omtänksam. Dessutom var hon trots sin ålder fortfarande fertil. Det hade hon kollat, så sent som för någon månad sedan. Men hennes äggstockar skulle inte kunna vänta hur länge på Dr Harin som helst.

Hon kastade ytterligare en blick på Araya Duangnate och höll tillbaka en fnysning. Det verkade som om hennes äggstockar lika gärna kunde ta och krympa ihop. Dom skulle säkert aldrig få hjälpa till att skapa Dr Harins barn, som det var nu. Med den tanken lämnade hon kontoret.

Araya såg efter henne. Hon visste precis vad den äldre kvinnan tänkte. Nja, kanske inte precis, precis, men nästan. Hon förstod att Khun May såg henne som ett hot. Tanken på att Dr Harin skulle vilja ha en kvinna som Khun May, när han kunde få Araya, var skrattretande. Arrogant höll hon sig för skratt och fokuserade istället på Harin.

"Jag vet inte vad som hände. Jag höll just på att spe…" Han avbröt sig generat. "Eh, uppdatera mig inför en operation, när dataskärmen bara blev blå", ljög han lätt.

Araya fick hålla sig för att inte le. Hon visste att han spelat kortspel på datorn och inte "uppdaterat sig inför en operation". Men det sa hon givetvis inte. Istället gick hon lugnt fram till hans dator. Hon frågade om hon fick sitta i hans skrivbordsstol och han visade med en gest att det gick bra, samtidigt som han ivrigt gick fram till stolen och drog ut den åt henne. Hon satte sig på stolen och kände sedan hur han rullade fram stolen till datorskärmen. Så ridderligt, tänkte hon sarkastiskt. Hon tänkte minsann inte låta sig charmas av honom.

Han satt sedan på en stol bredvid henne och nu, förberedde han sig mycket riktigt inför en operation, genom att bland annat titta på röntgenplåtar. Han satt så en timme bredvid henne, samtidigt som hon låtsades "fixa" datorn. Problemet var lätt åtgärdat. Hon kunde ha fixat det på tio minuter om hon velat. Istället drog hon ut på tiden och så fort han gick iväg för att utföra en annan planerad operation, satt hon och läste en bok på sin mobil. Hon hade blivit nyfiken på "Hon doftade Lotus", skriven av Elin Orban. Men tyckte tyvärr att den innehöll för mycket romantik, även om den var stundtals rolig. Det var ingen bok hon kunde rekommendera till någon som inte var romantiskt lagd, någon cynisk, som hon själv.

Khun May stack in näsan på kontoret med jämna mellanrum. Hon frågade hur det gick, (spionerade) på henne, samt erbjöd henne kaffe. Då lade Araya snabbt ifrån sig mobilen och låtsades knappa på Harins tangentbord igen.

Timmarna gick så och det var snart dags för lunch. Eftersom Araya hade tillgång till all information om operationen Harin utförde, visste hon ungefär hur lång tid den var beräknad att ta, och när han förväntades komma tillbaka. Därför "fixade" hon den kraschade datorn och väntade på att han skulle komma tillbaka. Han dröjde ytterligare en halvtimme innan han kom. Under den tiden hann Araya läsa klart "Hon doftade Lotus". Det var faktiskt en ganska kort bok. När han sen väl kom, låtsades Araya sträcka på sig, som om hon suttit i en jobbig ställning i flera timmar och log sedan mot honom. Han log tillbaka och frågade hur det gick.

"Tro det eller ej, men jag blev faktiskt precis klar. Vilken tajming du har", berömde hon.

Harin kunde inte låta bli att le. Återigen verkade det som om högre makter ville honom väl. Dom hade sett till att hon inte blev klar förrän han var tillbaka och kunde träffa henne igen.

"Du har jobbat hårt", berömde han tillbaka. Han gick och ställde sig bakom henne och lutade sitt huvud över hennes axel och kollade på skärmen, som nu visade hans vanliga bakgrundsbild.

"Tack, men det var bara kul. Det är inte ofta jag får arbeta ute på "fältet" längre."

Han nickade. "Du är väldigt framgångsrik", sa han uppskattande.

Araya ryckte lite på axlarna. "Jovars", sa hon nonchalant.

"Och ödmjuk", fortsatte Harin.

Plötsligt så kurrade Arayas mage till. Perfekt, tänkte hon. Nu trodde inte Araya på högre makter, men hade hon gjort det, hade hon trott att någon hjälpte henne på traven. Men nu visste Araya att det inte var så. Hon hade ju med flit låtit bli att äta frukost, och magen hade kurrat lite till och från sedan dess. Hade den inte gjort det, hade hon istället fått antyda eller kanske till och med säga rent ut att hon var hungrig, i hopp om att han skulle bjuda henne på lunch.

Hon låtsades skratta självmedvetet och sa: "Du råkar inte känna till en bra restaurang i närheten som serverar "Pad Ka Prao"? Jag är så sugen på något kryddigt och starkt."

Harin kunde inte låta bli att le stort. De tyckte till och med om samma sorts mat. "Pad Ka Prao" var till och med hans favoriträtt och det låg faktiskt en restaurang i närheten som serverade den bästa "Pad Ka Prao" man kan tänka sig.

"Pad Ka Prao" är en klassisk thailändsrätt gjord på fisk, kyckling eller fläskkött. Harin älskade när den var gjord på fisk. Tillagas rätten på traditionellt vis har den en mycket stark smak av, dels "helig" basiliska, som är en thailändsk sorts basilika, och dels chili. I många turistområden serveras en mildare version av "Pad Ka Prao", men Harin föredrog den traditionella, starka versionen bättre.

"Det finns faktiskt en restaurang här i närheten, som serverar den bästa 'Pad Ka Prao' i hela Bangkok. Får jag... eh...skulle du kanske vilja... eh... får jag bjuda dig på lunch... som tack för att du hjälpte mig med datorn. Självklart ska jag också betala", skyndade han sig att inflika. "Du får skicka en räkning sen", fortsatte han.

Araya skakade på huvudet. "Ja, och nej. Ja, du får gärna bjuda mig på lunch och nej, du behöver inte skicka någon räkning. Se det som mitt tack för att du skötte om mitt sår så bra."

Harin tänkte protestera, men hon lade ett finger på hans läppar. Han kom genast av sig.

"Inga protester", sa hon leende. Hans hjärta sparkade bakut och han kände sig tvungen att svälja hårt.

"Okej", sa han mot hennes finger. Hon tog bort sitt finger och log mot honom. Han kunde inte låta bli att tänka, att det var som om han kysst hennes finger. Han kunde inte låta bli att le fånigt vid tanken. Hon tänkte samma sak, men kände inte alls samma glädje. Hon fick istället hålla sig för att inte rysa kraftigt eller göra en grimas.

*

KAPITEL 8

En stund senare befann de sig på Harins favoritrestaurang. Det var ett litet familjeägt ställe. Men trots det, var det fullt med folk. Ägaren, en kort, äldre och lite rund kvinna slog ut med händerna av glädje när hon fick syn på Harin. Hon skyndade sig fram till honom och slog sina armar om honom.

"*Mor*", hälsade hon. Mor betyder doktor.

"Khun Yai", hälsade han tillbaka och besvarade hennes kram. Han kallade henne för mormor, men de var i själva verket inte släkt. Det är inte ovanligt att en thailändare kallar en äldre kvinna för mormor, trots att de inte har något köttsligt band.

Khun Yai vände blicken bort från Harin och fäste sina ögon på Araya. Hon såg förvånad ut. Araya visste att han inte brukade ta med någon kvinna till den här restaurangen. Troligtvis var hon till och med den första. Araya tryckte ner ett triumferande skratt och log istället vänligt mot den äldre kvinnan. Hon gav henne till och med "*wai*". Det, trots att det inte är brukligt att hälsa på serveringspersonal på det sättet. Mattana såg lite förvirrad ut, men besvarade hennes "wai".

"Säg *Mor*, vem är det du har med dig?" undrade hon nyfiket. Hon visste inte varför, men det var något med den unga kvinnan som gjorde henne olustig. Men hon skakade bort de känslorna och tänkte att hon nog bara kände fördomar mot henne för att hon såg så självsäker och fashionabel ut. Det behövde inte betyda att hon inte var trevlig. Dessutom hade Harin själv tagit med henne hit. Hon hade aldrig sett honom med någon annan kvinna. Varje gång hon försökt para ihop honom med någon av hennes barnbarn hade han artigt avböjt och sagt att han hade för mycket att göra. Men Mattana var inte förolämpad för det. För det första hade det aldrig varit allvarligt menat och för det andra hade båda hennes barnbarn redan pojkvänner. Men nu hade han alltså med sig en kvinna till hennes restaurang. Och visst borde hon lita på dr Rins omdöme?

Harin kom på sig själv och skyndande sig att presentera dom båda damerna för varandra.

"Det här är Khun Araya. Hon hjälpte mig med datorn, som tack bjuder jag henne på lunch." Harin såg på Araya med varm blick.

Mattana höjde menande ögonbrynen och verkade säga "Jaså, så du *tackar* henne bara för hjälpen". Det gick inte att undvika att se att hon gissade att Harin kände mer än bara lite artig tacksamhet. Harin kunde inte låta bli att rodna och Mattana nickade inombords. Pojken var helt uppenbart förälskad i den här kvinnan. Hon såg på nytt på kvinnan och kände återigen en känsla av olust. Hon undrade var den känslan kom ifrån. Hon beslöt sig för att hålla ett öga på kvinnan.

Harin harklade sig lite innan han fortsatte: "Och det här är Khun Yai Mattana. Det finns ingen som lagar så god mat som Khun Yai", berömde Harin.

Yai Mattana slog ut med ena handen, "Struntprat. Pojken överdriver. Min mat är god, men det finns säkert många som kan laga minst lika god mat. Jag hoppas att du tycker om god mat, Khun Araya."

Araya log varmt. "Jag ser i alla fall fram emot att få smaka på din fantastiska "Pad Ka Prao. Men hur känner ni varandra egentligen?"

Khun Yai berättade i mycket berömmande ordalag att Harin räddat hennes liv. Att om det inte varit för honom, skulle hon inte varit vid liv idag. Hon avslutade med att säga: "Han är en fantastisk doktor".

"Visst är han. Fantastisk på alla sätt och vis", sa Araya lätt flörtigt. Harin rodnade på nytt och skyndade sig att säga att han inte alls var så fantastisk.

De blev sedan hänvisade till ett hörnbord. Snart hade dom beställt och fått sina glas med vatten. Eftersom Araya inte dejtat så mycket, som många andra i hennes ålder gjort, hade hon fått göra efterforskningar på internet. Hon läste på om vikten av att lyssna uppmärksamt, hålla ögonkontakt och le, inte bara med munnen, utan också ögonen. Det där med ögonkontakt var visst en hel vetenskap. Det vanliga är att man håller ögonkontakt i upp till tre sekunder under en normal konversation. Tio sekunder räknas som lång tid och kan framkalla reaktioner. En neuropsykolog sa en gång att trettio sekunders ögonkontakt antingen leder till våld eller till sex. Nu hade Araya ingen tanke på att ligga med Harin eller slåss mot honom. Men hon tog ändå notis om vikten av ögonkontakt. Att hålla ögonkontakt är mycket intimt och kroppen till och med utsöndrar det välbefinnande hormonet oxytocin vid ögonkontakt. Araya läste också att vi generellt sätt har lättare för att hålla ögonkontakten med någon som är lugn och tillitsfull. Araya skulle nu ge sig på det svåra med ögonkontakt. Hon skulle hålla blicken längre än tre sekunder, för att bjuda in till intimitet, men inte för länge, så att det istället blev som att hon sa "Jag har tre ex inmurade i källaren och du är på väg att bli nummer fyra", eller ännu värre "Ta mig här och nu, för jag är din". Inget av alternativen passade Araya.

Araya tog ett djupt andetag innan hon lät sina ögon länka med hans. Han mötte leende hennes blick. Hon höll den sedan kvar, sekunderna gick och hon såg hur han gick från ovetande till lätt besvärad. Någon sekund senare steg pulsen på dom båda och luften kändes varm omkring dom. Då slog hon ner blicken och försökte se blyg ut. Efter någon sekund såg hon upp och fick se att han såg på henne med en djupare värme än tidigare. Säkert är det oxytocin hormonet som gjorde sitt, kunde hon inte låta bli att tänka och log nöjt inombords.

Araya hade också läst att det kan öka känslan av närhet om man synkar sina blinkningar med sin dejt. Det krävdes all Arayas simultankapacitet att hålla koll på Harins blinkningar, le mot honom, inte bara med munnen, utan också med ögonen, samtidigt som hon också försökte sig på en konversation. Hon frågade honom om han hade några syskon. Han svarade att han var enda barnet. Han ställde henne sen samma fråga. Hon skulle just svara, att hon inte hade det, när Khun Yai kom och serverade deras mat.

"Smaklig måltid", sa hon innan hon gick.

Araya tyckte att hon såg konstigt på henne, men tänkte att hon nog inbillade sig. Araya såg att Harin var på väg att säga något. Hon väntade på rätt tillfälle. Han öppnade snart munnen, för att på nytt fråga henne om hon hade några syskon. Hon kontrade då snabbt med att öppna munnen samtidigt och börja svara.

"Har…"

"Jag…"

Araya låtsades se självmedveten ut och tvingade fram ett skratt. Han log tillbaka och fnissade lite han med.

"Börja du?" sa han leende.

"Nej, säg du", sa hon fånigt tillbaka.

"Okej, jag bara undrade om du hade några syskon eller inte? Vad skulle du säga?"

Araya log falskt. "Jag skulle bara säga att jag är ensambarn", skrattade hon.

Allt eftersom tiden gick glömde Araya konstigt nog alla regler och knep. Hon glömde bort att verka mystisk och kom på sig själv med att skratta innerligt till olika saker han sa. När hon kom på sig själv var det som att ett mörker föll över henne. Hon fick panik och försökte dölja sin panik genom att häva i sig vatten.

"Var det för starkt?" undrade Harin oroligt.

Araya drog ett djupt andetag och tvingade fram ett leende. "Lite bara... Men mycket gott" skyndade hon sig att inflika.

"Vänta så ska jag be om mer vatten?"

Harin märkte att något var fel. Något hade hänt och kastat en svart slöja över hans bordskamrat. Han funderade på vad han sagt och undrade om han råkat säga något fel. Han ville fråga vad som var fel. Han ville ta hennes hand i sin och försäkra henne om att han var där för henne. Men han ville samtidigt inte genera henne. Han bestämde sig för att backa och låta henne samla sig lite. Kanske skulle skuggan försvinna snart. Annars fick han väl ta och be om ursäkt.

Men trots att tiden gick, och även om hon låtsades som att allt var bra, märkte Harin att hon inte var sitt tidigare lättsamma jag.

"Jag…" började han. "Jag har väl inte sårat dig på något sätt?"

Araya såg uppriktigt förvånad ut. "Nej, inte alls", skyndade hon sig att försäkra honom. Hon tog hans hand i sin, som om det vore det naturligaste i världen. "Du har varit…" hon drog efter andan. "…perfekt", avslutade hon och tvingade återigen sig själv att se blyg ut. Det verkade som om hon kommit av sig för mycket. Som han kunde se igenom hennes fasad. Nu fick hon se till och att lägga på ett kol igen. Hon ville inte att hon skulle tappa honom, nu när hon hade honom på kroken.

Harin smälte det hon sagt. "Nej, jag är långt ifrån perfekt. Snälla säg om jag sagt något dumt? Jag kan se att du är besvärad".

Araya tänkte snabbt. Hon log svagt och skyllde sen på lätt huvudvärk. Harin log förstående. Han förvånade henne sen genom att resa på sig, gå fram och ställa sig bakom hennes stol och börja massera hennes tinningar. Araya skämdes och försökte protestera, men han godtog inga protester.

Hon lät honom hållas och undvek alla blickar från de andra gästerna i lokalen. Efter en liten stund sa hon att huvudvärken lättat avsevärt. Han gick då tillbaka till sin plats och log varmt mot henne. "Jag är glad att du mår bättre", sa han.

Araya tvingade sig själv att skärpa sig resten av lunchen. Hon fann återigen att han på något konstigt sätt kunde få henne att slappna av och faktiskt njuta av stunden. Insikten gick återigen upp för henne, men den här gången lyckades hon hålla masken.

Kanske var hon ändå mer påverkad än vad hon trodde, för när dom skulle gå därifrån råkade hon stöta ihop med Khun Yai. Khun Yai hade just då burit på en bricka med två skålar värm paneng curry. Innehållet i dom två skålarna låg snart över Arayas bröst och mage. Khun Yai Mattana blev förskräckt och började genast be så hemskt mycket om ursäkt.

"Är du okej? Du har väl inte bränt dig?" undrade Harin oroligt. Han lade en hand på hennes arm och såg på henne med bekymrade ögon, samtidigt som Khun Yai föll ner på knä och fortsatte be så väldigt mycket om ursäkt.

"Jag mår bra. Jag gjorde mig inte illa", svarade Araya snabbt, samtidigt som hon tog tag i den äldre kvinnans händer och snabbt drog upp henne på fötter igen. "Du behöver inte be om ursäkt. Det hela var mitt fel", fortsatte Araya, under tiden hon borstade av den äldre kvinnans kläder från damm. Khun Yai såg chockad ut. "Men…" började hon protestera.

"Oroa dig inte. Jag har tvättmaskin", log Araya varmt och tryckte Yai Mattanas händer.

Khun Yai Mattana såg den äkta värmen i den unga kvinnans blick. Det var inget skådespel. Kvinnan menade vad hon sa och för en gång skull hade Khun Yai Mattana rätt. Araya menade verkligen vad hon sa. Även om Araya kände hat mot sin far och planerade hämnd på honom, var hon inte en ond människa. Tvärtom donerade hon ofta pengar till olika organisationer. Hon brann för att alla barn skulle få en bra utbildning och få äta god och näringsrik mat varje dag. Hon hade också finansierat flera hundstall, som tog hand om herrelösa hundar, rehabiliterade dom och försökte hitta familjer till dom. Trots att det inte är ovanligt att äta hund i Thailand, många tycker till och med att det är riktigt gott, var det något som var uteslutet för Araya. Som en del av den yngre generationen, ansåg hon att hundar var husdjur, och absolut inte mat. Hon önskade att Thailand en dag skulle förbjuda hundslakt precis som Taiwan gjort.

Khun Yai Mattana bestämde sig för att hon nog fick tänka om angående den här kvinnan. Hon behövde inte alls vara orolig för att hon försökte snärja eller såra hennes vän Rin. Hon kände sig lättad.

Harin kände hur hans känslor för Araya fördjupades. Han var imponerad av hennes godhet och hur hon inte blev arg, trots att hennes fina kavaj och blus var helt indränkta av paneng curry. Han ville bjuda ut henne igen, men den här gången på middag, den här gången som en riktig dejt, med levande ljus och hela kittet. Men han tvekade. Inte för att han inte ville, utan för att han lovat sin mamma att gå på blinddate med en av döttrarna till hennes vänner.

Även om det givetvis var lite irriterande att Harin inte bjöd ut henne igen, innan han lämnade av henne utanför hennes lägenhet, kände inte Araya misströstan. Han skulle snart älska henne villkorslöst. Hon skulle se till så att de "råkade" stöta ihop med varandra igen. Fjärde gången gillt?

*

KAPITEL 9

Boonsri Anuwat var en mycket vacker och feminin kvinna. Hon var bara tre år yngre än Harin. Hon var dotter till en av Harins mammas kvinnliga vänner. Hon var en karriärkvinna och ägde en egen tandläkarklinik. Enligt hans mamma, var hon perfekt för honom. Hon kom från en fin familj, hade en trevlig personlighet och ett respektabelt yrke. Dessutom ville hon gärna ha barn och Ranee, Harins mamma, ville mycket gärna ha barnbarn.

Det var inte det att hon var otrevlig. Tvärtom var hon väldigt rar och artig. Hon log mycket, vilket givetvis var trevligt. Hon pratade heller inte bara om sig själv, utan såg också till att visa honom stort intresse, genom att fråga vad han tyckte och tänkte om saker. Och det var givetvis ett plus. Han hade till och med ett mycket givande och intressant samtal med henne. Men, det hade varit om anestesi och vilka som var att föredra, beroende på situation och patient. Och det kanske inte är sådant man brukar prata om på en dejt. Kort sagt, kände han helt enkelt inte samma kemi med henne, som han kände med Araya. Det var inga gnistor, varken erotiska eller emotionella emellan dom. Han trodde till och med att hon kände samma sak, eller borde han kanske säga, *inte* kände, samma sak. Frågan var bara hur han skulle ta upp saken med Boonsri utan att för den skull såra hennes stolthet eller känslor.

Men Harin hade inte riktigt det pokeransikte han trodde sig ha. Hans dejt förstod mycket väl att han inte var intresserad av henne. Han behandlade henne precis som hon behandlade sina patienter, med fulländad artighet. Hon såg att han försökte visa henne intresse, men att det inte var genuint. Boonsri var inte direkt ledsen eller besviken över det, även om hon givetvis inte skulle haft något emot att han var intresserad av henne på riktigt. Tvärtom passade dom rätt bra tillsammans, i alla fall om man såg till status, rikedom och ålder. Men Boonsri tyckte inte att hon var riktigt så gammal som hennes mamma verkade tycka. Hennes mamma var i själva verket övertygad om att Boonsris äggstockar var på väg att förtvina och att rynkorna snart skulle poppa upp lite varstans i ansiktet på henne. Hon förstod inte att numera kunde kvinnor få barn i fyrtioårsåldern också, och det var många år kvar tills Boonsri var så gammal. Boonsri slog bort alla tankar på modern och fokuserade på Harin. Hon såg hur han då och då tog upp mobilen och sneglade på den, och eftersom han bar ett lyxigt armbandsur på ena armen kunde hon konstatera att han inte verkade kolla på klockan. Nej, det verkade mycket mer som om han väntade på att någon skulle höra av sig och kanske skicka honom ett "Line[1]". Även om Boonsri, till skillnad från många andra förmögna kvinnor med hennes ställning, inte var en högfärdig och arrogant kvinna, hade hon ändå än viss stolthet. Hon tänkte också på

---

[1] 1 Line är en populär app i Thailand, som används för att skicka gratis meddelanden.

vad modern skulle säga om hon blev dumpad på ännu en dejt.

"Jag har ju sagt till dig att inte verka för intelligent!" Eller "När ska du sluta arbeta så mycket och fokusera på karriären. Män gillar inte sånt" Och räckte inte det, skulle hon slänga ut ålders-kortet. "Sa du att du fortfarande kan få barn? Han kanske tycker att du verkar för gammal. Män gillar unga kvinnor, vet du." Efter att hon var klar med att hitta fel hos sin dotter, skulle hon istället tycka synd om henne för att dr Harin Fungmongkul inte ville ha henne. Det var till och med värre. Och gick det tillräckligt långt skulle hon komma fram till att Dr Harin var en riktig skurk och kanske till och med säga upp bekantskapen med familjen. Om inte hennes pappa hann stoppa henne innan dess förstås. Nej, det vore på det hela taget mycket bättre om Boonsri satte stopp för den här dejten och potentiella kommande dejter med Harin. Dels för sin egen stolthets skull, dels för moderns skull.

"Khun Harin…" började Boonsri tvekande. "Jag tycker verkligen att du är en mycket trevlig man", började hon sakta.

Harin tvingade på ett leende och funderade på hur han skulle nobba henne utan att såra hennes stolthet eller känslor. Han bävade redan för vad hans mamma skulle få veta när hon nobbat ytterligare en potentiell fru. Mödrar och deras jakt efter potentiella partners till sina barn är inte att leka med.

"Men tyvärr så känner jag ingen kemi emellan oss", avslutade Boonsri.

Harin hajade till. Dumpade hon just honom? Han såg på henne, såg hennes besvärade blick och insikten gick upp för honom att hon på ett fint sätt försökte säga till honom, att hon inte tyckte att dom skulle träffas igen. Vad skönt, då slapp han vara den som tog upp saken, och hans mamma kunde inte komma och skälla på honom sen, och säga att han inte ansträngde sig tillräckligt. Han höll tillbaka ett belåtet leende. Han kände att det inte fanns någon mening att visa hur glad han i själva verket var. Kanske skulle det såra hennes känslor eller stolthet. Istället försökte han se så besviken ut som han kunde. Men nu var Harin ingen duktig skådespelare eller så var hans dejt helt enkelt för insiktsfull. Hon förstod mycket väl hur han kände det, men gav honom ändå en eloge för att han försökte skydda hennes känslor. Han var en fin man, dr Harin Fungmongkul. Synd bara att han redan verkade ha någon i sina tankar och kanske till och med i sitt hjärta.

Dejten med Boonsri hade istället bara bekräftat hans känslor för Araya. Han ville inte vänta en sekund till och redan i taxin hem skickade han ett meddelande via "Line".

"Jag hade mycket trevligt senast vi såg och skulle gärna vilja träffa dig igen. Har du tid nu på lördag? // Harin."

*

Araya satt och åt lunch när det plingade till i hennes mobil. Det hade blivit en sen lunch, som dessutom åts framför datorn och en hög med arbete. Hon lade ner sin gaffel och sked i folielådan med mat och tog upp sin mobil. Hon läste snabbt Harins meddelande och ett belåtet grin spred sig på henne läppar. Nu var han fast, tänkte hon nöjt och åt sedan resten av sin lunch. Hon väntade ytterligare en timme innan hon svarade: "Lördag passar bra. Vilken tid hade du tänkt? Och var ska vi ses?"

*

Veckan gick ovanligt långsamt för både Araya och Harin. Dom var förväntansfulla båda två, men av olika anledningar. Arayas hjärta brann fortfarande av hat och ilska. Hon ville så gärna hämnas och förstöra för sin far, att hon hade svårt att låta det hela ta sin gång. Låta planen ta sin tid så att hämnden i sin tur kunde bli desto större. Men det var svårt att inte bara anlita någon till att skada Kamon fysiskt. Han så att säga skulle kunna bli överfallen en mörk natt när han återvände från kontoret. Även om hon så betalade någon till att krossa varenda ben i hans kropp skulle det ändå vara för lätt. Han skulle inte lida tillräckligt. Hans hjärta skulle ju fortfarande vara intakt. Hans företag skulle fortfarande blomstra. Nej, hon skulle krossa det han älskade, precis som han krossade hennes mamma. Plötsligt blev hennes blick suddig och hon kände hur ögonen tårades av frustration och hat. Vad var det med henne? Hon grät väl aldrig? Hon skyndade sig att torka sina tårar, kastade en snabb blick på klockan och såg att det nu bara var två dagar, arton timmar och trettiofem minuter kvar innan hon skulle se Harin igen. Dom skulle träffas och hon skulle vara mer charmig, älskvärd och sexig än vad hon någonsin varit tidigare. Harin hade berättat att de skulle till stranden och bett henne att ta med sig baddräkt. Baddräkt, HA! Hon skulle inte ha någon tråkig baddräkt inte. Hon skulle ha en sexig bikini, som skulle få honom att drägla. Han skulle se henne och önska att hon var hans. Men han skulle aldrig få henne förrän han hade satt en ring på hennes finger. Inte ens då skulle han få henne. Han skulle brinna som en eld och längta efter henne, oroa sig över varför hon inte lät honom röra henne och ha ångest över att hon inte verkade vilja ha honom. Hon skulle hålla hans hjärta i sin hand och krossa det med en kraft han aldrig tidigare skådat. Sen skulle det vara han som grät. Han och Kamon.

Plötsligt rann ytterligare en tår längs Arayas kind. Hon rynkade pannan. Vad var det med henne? Inte tyckte hon väl synd om honom? Inte kände hon väl skuld? Hon viftade bildligt talat bort alla svaga patetiska tankar och känslor och fokuserade på dataskärmen framför sig. Jag är stark. Jag är stark, upprepade hon om och om inom sig.

*

Harin kom just ut från en svår operation, som tagit både tid och kraft för honom. Men den hade varit lyckad och hans kände sig både glad och nöjd med sig själv. Under tiden han stod i duschen och sköljde bort blodstänk och svett från sitt ansikte och kropp kastade han en snabb blick på den stora, fyrkantiga digitala klockan som hängde på ena väggen. Han log. Det var inte ens en dag kvar tills han skulle få träffa Araya igen. Han räknade snabbt timmarna och minuterna i huvudet och fick det till tretton timmar och fyrtiosju minuter tills han skulle hämta upp Araya utanför hennes hotell och tillsammans skulle dom åka till Cha-Am och spendera några timmar i solen, innan han skulle ta med henne till en mysig lokal restaurang. Och om hon ville, kunde de efteråt besöka Khao Nang Phanthurat parken, där de kunde fotvandra och kolla på fascinerande stenformationer. Han visste att hon bott länge i USA och säkerligen inte fått uppleva vare sig turismen eller dom lokala sevärdheterna i Thailand. Han planerade att visa henne allt det vackra och underbara hans land hade att erbjuda. Kanske skulle hon bli så förälskad i landet, och i honom, att hon skulle vilja stanna i Thailand. Det var konstigt. Dom hade inte träffats mer än ett par gånger och endast gått på en dejt och ändå kände han så stark nyfikenhet och längtan efter att få träffa henne igen. Han trodde inte heller att den känslan skulle försvinna så snabbt. Han hade hört sig för lite om henne, frågat ut Kulap om Arayas bakgrund och personlighet. Kulap hade berättat att Araya var mycket privat av sig och ofta höll

92

sig till sig själv. Kulap upplevde henne nästan lite som mystisk, och det var en känsla Harin kunde dela med henne. Men Kulap uttryckte också en stor beundran för Araya. Hon sa att hon var både intelligent och flitig. Att hon heller inte var så promiskuös som många andra amerikaner var, Kulaps åsikt. Utan att hon faktiskt aldrig sett Araya med en kille. Trots att det, under den tiden hon känt henne, varit många unga män som önskat få lära känna henne bättre, men som inte haft en chans att komma nära. "Om hon går med på att dejta dig, så måste det betyda att du är väldigt speciell i hennes ögon", hade Kulap sagt med ett litet leende. Harin blev alldeles varm i kroppen bara han tänkte på hennes ord. Du är väldigt speciell för henne. Hon låter ingen annan man komma henne nära, men hon tackade ja när du frågade ut henne, och vill till och med träffa dig igen, tänkte han leende Ja, han var speciell. Harin lutade sig tillbaka mot kakelväggen bakom honom. Han lät duschen varma strålar smattra mot hans fåniga ansikte och stora leende. Det tog flera sekunder innan han hämtat sig så pass mycket att han kunde fortsätta tvätta sin smidiga, lättsolbrända kropp.

Men hon var också speciell, kunde han inte låta bli att tänka under tiden han torkade av sin kropp och började sätta på sig ett par boxerkalsonger. Han kom på sig med att ideligen tänka på henne och hennes intensiva bruna ögon. Åh, kunde det inte vara nästa dag snart?

*

KAPITEL 10

Klockan var inte mer än fem på morgonen när de skulle börja sin resa. Harin hade planerat en resa till ön Koh Samet. En resa som skulle ta närapå fyra timmar, inklusive en tripp med färja på fyrtiofem minuter. En sådan lång resa kunde tänkas jobbig, även med flera bensträckare, men Harin kände inte alls så. Han såg fram emot att få sitta bredvid Araya så länge, samtala och förhoppningsvis lära känna henne lite bättre. Han upplevde ibland att hon var lite förtegen och hoppades att denna tur skulle föra dom närmare varandra. Han hade knappt sovit på hela natten för att han längtat så. Det var skrämmande hur man kan sakna och längta efter en person man knappt kände, på ett sådant starkt sätt. Det var så att han förvånade sig själv. Även om Harin kunde beskrivas som en varm och omtänksam person, en person som bryr sig mycket om andra och inte har något emot att vara till förfogande för andra, var han en person som sällan blev kär eller upplevde andra romantiska känslor. Men nu, kunde han knappt sova för att han såg så mycket fram emot att träffa en viss individ.

Men sömnbristen gjorde inte så mycket. Harin var van vid att jobba både långa dagar och nätter. Hans kropp hade under många år närt sig på kaffe, som också hållit honom uppe, när alla andra sinnen sagt till honom att sova. Harin var därför lite extra tidig denna morgon och fick vänta någon minut innan Araya klev ut genom den stora hotellentrén. Hon fick genast syn på honom, där han stod bredvid sin svarta Volvo, vinkade lätt och gick sedan emot honom. Hon hade tagit honom på orden och klätt sig för en dag på stranden. Hon såg fantastisk ut i sina enkla ljusblå jeansshorts och vita, kortärmade blus. På fötterna bar hon ett par enkla men fotriktiga sandaler. Han log och tänkte på hur många kvinnor han tidigare träffats som alltid iddes med att bära högklackat. Även om han kände en viss fascination och beundran för kvinnor som klarade av att gå i sådana högklackade skor, kände han som läkare att de var ett förhatligt påfund som tärde på både fotled och ben. För att inte tala om alla blåsor och skavsår dom ofta fick. Han tänkte på hur ofta han fått plåstra om sin mor när hon, fåfäng som hon var, iddes med att bära ett par snygga, men ack så obekväma skor. Han fann det förvånansvärt uppfriskande att se Araya komma gående i sina enkla, men kvalitativa skor. För honom som var född och uppvuxen i Thailand upplevde han att vädret med en temperatur på drygt 25 grader var något kallt, men för henne som levt över tio år i USA, förstod han att hon inte alls kände så.

Även om hennes klädsel och vita, virkade väska kunde verka enkla, kunde han, som en erfaren medlem av överklassen, se att det inte var några enkla kläder från marknaden, utan att dom säkerligen kom från någon exklusiv galleria. Han påminde sig om att hon tjänade bra och att hon dessutom hade en välbärgad farbror. Det var klart att hon inte skulle vara klädd i trasor. Hennes egen förmögenhet, tillsammans med sin farbrors gjorde att han inte behövde betvivla att hennes intresse för honom var äkta. Det var inte alls hans pengar som lockade henne.

Araya svepte med ögonen över Harin och höll tillbaka ett leende. För Harin som var född och uppvuxen i Thailand, med dess varma temperatur och ibland fuktiga klimat hade klätt sig i betydligt varmare kläder än Araya. Han bar ett par sandfärgade chinos och en enkel kortärmad vit bomullsskjorta. Hade det varit hon, hade hon storknat. Speciellt, med tanke på, att trots klockan inte var mer än fem på morgonen, var temperaturen redan uppe i tjugofem grader. Vid lunch och eftermiddag borde temperaturen vara uppe i över trettio grader. Men hon antog att han hade med sig, både badkläder och kanske ett par vanliga shorts och en t-shirt att ha vid lunch och eftermiddagen.

Hon hälsade på honom med ett leende som gjorde det värt all väntan. Han log fånigt tillbaka i flera sekunder. Han svarade inte ens när hon frågade om dom skulle åka. Hon tog hans tystnad och leende som ett svar och gjorde sig beredd på att öppna passagerardörren och kliva in. Det var inte förrän då han vaknade till och skyndade ifatt henne. Han hann precis öppna dörren före henne och gentlemannamässigt hålla upp den till henne.

"Tack", viskade hon och lät sin hand fjäderlätt röra vid hans innan hon klev in i bilen. Han kände hur en våg av värme svepte igenom hans kropp och han kände sig tvungen att harkla lågt, innan han klarade av att stänga dörren efter henne och själv sätta sig bredvid henne, framför ratten.

Araya höll tillbaka ytterligare ett leende och fick tvinga sig själv att inte skratta högt i triumf. Hon förstod mycket väl hur besmittad Harin kände sig av henne. Trots att Araya kanske inte hade lika mycket erfarenhet, som andra kvinnor i hennes ålder, främst på grund av hennes oförmåga att släppa in folk på livet, var hon ändå tillräckligt erfaren, eller världsvan, kalla det vad du vill, för att inse att Harin verkligen, och då menar jag verkligen, var betagen av henne. Han kunde varken dölja sin iver eller sin önskan att vara henne till lags. Först frågade han om hon var för kall och sträckte genast fram ena handen mot temperaturreglagen för att höja värmen. Araya lade en hand på hans och skakade på huvudet. En kort stund senare undrade han istället om hon kanske var för varm och skulle återigen reglera temperaturen i bilen. Nej, försäkrade hon honom åter igen med ett leende. Hon såg hur han rodnade lite skamset och log uppmuntrande mot honom innan hon vände sig om och såg ut genom fönstret. Hon försökte att inte prata så mycket och kanske i och med det uppmuntra honom för mycket. Visst, han måste förstå att hon var intresserad, men Araya hade förstått att det var en vanlig önskan hos många män att få vara den som jagade lite. Förresten föll det sig heller inte naturligt för Araya att vara för inställsam och tillgänglig. Hon hade bestämt sig för att få honom att älska henne villkorslöst utan att för den delen dela med sig för mycket av sig själv till honom. Dessutom hade hon läst många böcker att många män just uppskattade eller lätt föll för mystiska och utstuderade kvinnor, samtidigt som dom gärna vill jaga och kämpa för hennes gunst. Ju mer dom fick kämpa desto och snabbare och lättare var det att dom blev djupt förälskade.

Trots skammen dröjde det inte särskilt långt innan Harin återigen försökte på sig ett samtal. Den här gången kommenterade han omgivningen runt omkring. Frågade henne ytterligare en gång vad hon tyckte om Bangkok och hur staden tedde sig i förhållande till New York.

Araya svarade som hon svarade förra gången han frågat, då dom ätit på Khun Yais Mattanas restaurang. Hon sa:

"På sätt och viss är dom ganska lika. Dom är båda storstäder och tempot är högt. New York är magiskt, speciellt på vintern när snön har fallit som ett täcke över skyskrapor och alla ljusslingorna och gatulyckorna lyser upp staden. Men Bangkok har en alldeles speciell charm. Dofterna av mat från de olika gatustånden, hettan som sveper över en och alla tuk-tuks och mopeder som åker kors och tvärs. Dom är i sanning två helt olika städer men, ingen av dom saknar charm."

"Men du skulle inte ha något emot att stanna i Bangkok? Eller kanske till och med bo en bit utanför?" Fiskade Harin.

Man behövde inte vara något geni för att inse att han tänkte på sitt eget hus när han menade "en bit utanför" Bangkok. Araya fann det återigen roande hur pass intresserad Harin var av henne, trots att dom inte känt varandra så länge. Hon låtsades se lätt blyg ut när hon utan att möta hans blick försäkrade honom om, att hon mycket väl kunde tänka sig stanna i Thailand. Och om det var så att hon stannade på grund av kärlek skulle hon inte ha något emot att bo där helst hennes älskade ville bo.

Harin fick kämpa hårt för att inte visa hur glad han var över att höra dom orden. Han tog flera djupa andetag och tvingade sig själv att inte le som en fåne. Men han kanske inte var särskilt duktig på att dölja sina känslor. Till och med en blind kunde se hur hennes ord fick honom att stråla av lycka. Hade Araya som sagt inte varit road och fast besluten att förföra och lura Harin hade hon kanske till och med tyckt att han var smått pinsam. Men samtidigt kunde hon inte hindra sitt hjärta från att hugga till av dåligt samvete. Mannen bredvid henne var en genuint fin person och hon gjorde sitt bästa för att lura och så småningom såra honom. Hon hade aldrig tänkt på sig själv som en elak person, men det hon gjorde var i sanning elakt. Hade hon verkligen hjärta nog att fullfölja sin plan? Men så påminde hon sig om vad Kamon gjort mot hennes mamma och Arayas hjärta blev genast hårt. Lite spill får man räkna med. Visst, Harin skulle bli sårad, men han skulle komma över det. Men hennes mamma däremot. Hon kunde aldrig komma tillbaka utan var borta för alltid. Hon bet ihop tänderna och såg ut genom fönstret för att dölja sina hatiska känslor. Hon hoppades att Harin inte skulle märka av hennes plötsliga sinnesförändring.

Men Harin hade inte märkt något. Han hade varit fullt upptagen med att hindra sig själv från att lägga in hand på Arayas. Araya hade inte långt tidigare lagt sin ena arm och hand på armstödet, nära växelspaken, och nära Harins hand. Det pirrade i hela Harins kropp av längtan att få röra vid hennes hand. Men han visste inte vad hon skulle tycka. Han visste inte om han skulle våga. Men så bestämde han sig för att våga. Han drog ett djupt andetag och lade sedan sin hand över Arayas.

Araya hoppade nästan till av förvåning och väcktes genast ur sina mörka tankar. Harin såg hennes chock och drog skamset tillbaka handen. Araya insåg att om hon inte gjorde något skulle han tro att hon inte var intresserad. Han kunde behöva lite uppmuntran. Hon bestämde sig därför för att lägga sin hand på hans. Han gav henne en förvånad blick och hon skyndade sig att le uppmuntrande mot honom samtidigt som hon gav hans hand ett lätt tryck. Harins hjärta gjorde glädjeskutt och han kramade lätt hennes hand tillbaka.

Resten av resan samtalade de om allt möjligt. De hade bland annat en livlig diskussion om sötningsmedlet aspartam. Harin hade gått på propagandan emot det söta proteinet och trodde att det var både cancerframkallande och farligt. Han påstod till och med att de flesta gick upp i vikt av att dricka det. Araya kunde inte hålla tillbaka. Hon som druckit Pepsi max sedan tidiga tonåren och aldrig haft problem med vare sig cancer eller viktökning. Hon berättade därför om alla studier som gjorts om ämnet. Hur aspartam är det mest efterforskade livsmedel i historien och hur över 70 länder gått samman och skrivit på att ämnet var säkert. I alla fall i de mängder läsken innehöll. Araya medgav att aspartam kunde vara farligt om man drack över fyra liter om dagen och vägde som hon, under 60 kilo. Det kunde också vara farligt om man led av den ovanliga sjukdomen Fenylketonuri, också kallad PKU, men eftersom de flesta varken dricker över fyra liter läsk om dagen eller har den ovanliga sjukdomen kan man lugnt säga att läsk, som innehåller aspartam inte är farligt.

Hon avslutade med orden: "Eller skulle du kunna påstå att du har större kunskap än vad alla forskare och dom länder som skrivit under på att proteinet är säkert har?"

Rin höjde upp händerna, och sa skrattades: "Jag ger mig, jag ger mig." Han kom på sig själv med att se beundrande på henne. Hon hade aldrig visat upp en passionerad sida som nu, när hon försvarade ett kontroversiellt ämne. Det fanns mer under ytan av denna mystiska skönhet, bara man skrapade lite. Och han planerade minsann att skrapa, han skulle inte nöja sig innan han visste allt om henne.

"Varför kollar du på mig sådär?" frågade Yaya, lätt besvärad av hans varma, beundrande blick. Det hela var för fånigt. Hon kunde inte låta bli att känna sig smått generad. Men samtidigt var hon tvungen att ge sig själv en klapp på axeln, Hon hade helt glömt bort sig själv när hon pratade, och inte haft en tanke på att vara vare sig mystisk eller förförelseinriktad, och ändå verkade han falla mer och mer för henne.

"Du är bara så vacker" sa han och tittade tillgivet på henne.

Yayas kinder färgades snabbt röda. "Titta på vägen istället", kastade hon ur sig och skyndade att vrida bort huvudet.

"Oroa dig, du är trygg med mig bakom ratten" lovade han och vände åter blicken mot trafiken.

*

Väl framme på stranden, letade Rin upp en man som hyrde ut solstolar och parasoller. Dom hittade ett par som stod bredvid varandra, en bit ifrån många andra solstolar och deras gäster. Det kändes intimt, och det passade dom båda. Både Yaya och Rin var ombytta till badkläder under dom andra kläderna. Trots Yayas ursprungliga tanke att klä sig så utmanande som möjligt bar hon nu ett par mycket enkla, men mer täckande bruna boxershorts och en stadig och vältäckande turkos bikini bh. Hon hade funderat och även om hon ville verka förförisk, så ville hon inte verka lössläppt eller desperat. Anständighet och kyskhet är en viktig del för många thailänder, speciellt inom överklassen, och Rin var just från överklassen. Dessutom skulle hon bara känna sig olustig om hon hade på sig en sådan där minimal trekants byxa och bikini och skulle kanske göra bort sig mer än vad hon var lockande.

Rin stod från början och såg på medan hon knäppte upp sina jeansshorts och började hala ner dom. Hon avbröt sig i rörelsen och vände upp blicken mot Rin. Han rodnade och skyndade sig att titta bort. Han mumlade förlåt och började sedan själv ta av sig den enkla bomullsskjortan. Under den visade han en lätt solbränd och välsvarvad överkropp. Även om Rin var för finkänslig för att titta på Yaya när hon klädde av sig hade inte Yaya några sådana betänkligheter. Samtidigt som hon fick av sig resten av kläderna och lade ner dom i sin virkade strandväska, såg hon ohämmat på Rin. Och till sin stora förtret kände hon hur kroppen reagerade. Hon blev torr i munnen och hjärtat gjorde både bakåtvolter och kullerbyttor.

När Harin var klar vred han på huvudet och fick se Yaya stå och stirra på honom. Även om hon snabbt vände bort blicken var det försent. Han hade sett att hon ville ha honom. Hans hjärta gjorde glädjeskutt. Ibland kändes det som om han aldrig skulle komma innanför hennes skal och andra gånger var det som att muren redan var sprucken. Det här var ett sådant tillfälle. Kanske kände hon mer för honom än vad hon ville visa. Han hoppades i alla fall på det.

"Gillade du utsikten?" frågade Harin och log retsamt.

Yaya låtsades missförstå honom och såg mot det glittrande havet med sina lätta vågor. "Ja, det är mycket vackert. Jag har aldrig varit till den thailändska stranden förut", erkände hon.

Han såg nyfiket på henne. Visserligen visste han att hon bott i USA länge, men innan dess, tills hon fyllt fjorton, visste han att hon bott i sitt hemland. Så varför hade hon inte besökt någon av de vackra stränderna?

"Inte? Hur kommer det sig?" frågade han nyfiket.

Hon fortsatte att se på havet och en våg av sorg sköljde över henne. Hon tänkte på Malai, som alltid jobbat så hårt för att försörja dom båda, men som aldrig haft råd att ta med henne på utflykter, varken till någon av storstäderna eller ständerna.

"Jag har inte alltid haft det så bekvämt som jag har det nu", erkände hon utan att tänka sig för. "Jag växte stora delar av min barndom upp med min mormor, som var fattig. Hon hade aldrig råd att ta med mig till stranden och efter att hon gått bort och jag flyttat till USA med farbror Klahan blev det inte av att vi åkte tillbaka för att ta oss en bad tur" avslutade hon. Hon såg hans varma bekymrade blick och skämdes. Hon hade inte tänkt att avslöja så mycket om sig själv. Det fanns ingen anledning att han skulle veta om att hon varit fattig. Ibland hade dom inte ätit mycket annat än ris, veckor i sträck. Men även om hon hade aldrig skämts för det, varit ledsen eller klagat, var det ändå något hon inte ville att någon annan skulle veta.

"Du har haft det svårt" sa Harin förstående och lade en hand på hennes axel. En hand som hon skyndade sig att skaka av sig. Han lät sig inte nedslås för det och bytte istället ämne, glad för att hon ändå delat med sig lite. "Innan vi gör något annat bör du smörja in dig med solskyddsfaktor, med en så ljus hy som din är det farligt att sitta i solen utan sådan."

Tacksam för att han bytt ämne log hon mot honom och letade upp en flaska med hög solskyddsfaktor ur väskan, som hon höll upp och visade för honom. Han berömde henne och tog själv upp en flaska ur sin ryggsäck. Dom båda log sedan fånigt mot varandra i flera sekunder innan Yaya kom på sig själv, harklade och lade sig sedan ner på solstolen, och handduken hon lagt ovanpå. Hon sprutade ut en generös klick ur flaskan och började smörja in sina långa välsvarvade ben. Hon kände av Harins blickar och log inombords. Men hade hon känt sig lika mallig om hon visste hans exakta tanke? Om hur han önskade att det istället var hans händer som rörde sig sakta över hennes ben, kände varje cm av den ljusa lena huden och lät sina fingrar kittla henne i knävecket.

Harin kände sig plötsligt väldigt varm och det var inte solen som var den största orsaken. Han började så fläkta ansiktet med ena handen och blåste sakta ut varm luft ur munnen.

"Är det inte lite hett?" frågade han Yaya.

Yaya log och sa oskuldsfullt. "Rin, det är över tjugofem grader, vad förväntar du dig?"

Harin skrattade lite självmedvetet, slog sig ner på sin stol och letade upp en flaska vatten ur ryggsäcken. Han räckte den till henne, som genast öppnade och tog en klunk, under tiden han letade fram en till, som han sedan drack girigt ut. Han höll just på att klunka i sig när hon sa något som fick honom att spotta ut vattnet. Som tur var hann han vrida på huvudet i tid så att han inte sprutade Yaya i ansiktet.

"Skulle du kunna smörja in mig på ryggen?"

Harin svalde hårt och klämde lite för hårt på vattenflaskan så att en del av vattnet rann ut över hans ben. Hon började spontant skratta och när hon skrattade såg hon om möjligt ännu vackrare ut. Han svalde hårt och skyndade sig sedan att sätta på korken på flaskan. Han försökte låta så nonchalant som möjligt när han sa: "Kan jag väl..."

Araya vred på kroppen så att hon hade ryggen mot honom och hon drog sedan sakta ner en av bh banden. Harin svalde hårt på nytt och blinkade häftigt några gånger. Han försökte att samla sig. Det var bara en kropp, sa han sig. En vacker kropp, men ändå bara en kropp. Han hade sett hundratals kroppar under sina år som läkare. Och han hade rört många av dom. Varför skulle det här vara så svårt? För att Yaya var inte som alla andra. Hon var unik och alldeles särdeles vacker.

När han inte började vred hon på huvudet och såg frågande på honom. Han harklade sig och klämde sedan ut en klick solskyddsfaktor. Hans händer darrade när de närmade sig hennes axlar. Med mjuka sensuella rörelser rörde sig hans händer över hennes axlar, rygg, under bh: banden och knäppningen och ner mot hennes svank.

Nu tyckte Yaya också att det kändes ovanligt, till och med besvärande varmt. Hela hennes kropp brann och pirrade om vart annat och slets mellan önskan att springa därifrån och å andra sidan vända sig om, kasta av sig bikinitoppen och be honom smörja in hennes bröst. Men hon höll sig. Hon var inte säker på om hon någonsin hade någon intention att ligga med honom. Inte ens efter att dom gift sig, för det, skulle dom och sen, sen skulle hon krossa hans hjärta.

Harin dröjde några sekunder efter att han var klar. Hans händer låg fortfarande på hennes svank och han kunde inte låta bli att tänka: "Hon är så nära. Jag behöver bara luta mig lite närmre för att kyssa henne på halsen." Men han höll sig. Istället tog han bort händerna, drog ett djupt andetag innan han sakta reste på sig, vände sig mot henne och frågade om hon ville bada. Han hoppades att hon inte skulle låtsas om han besvärande tillstånd och det gjorde hon inte heller. Hon undvek att ens kolla i den riktningen utan tog istället hans hand och lät sig ledas till vattnet. Hon kunde också behöva ett svalkande dopp.

*

En stund senare satt dom och byggde ett sandslott under mycket skratt och skoj. Efter en stund blev Harin lite allvarlig och vågade försiktigt fråga Yaya hur det kom sig att hon flyttade till USA från början. Araya hade vetat att frågan skulle komma så småningom, men visste ändå inte riktigt hur hon skulle svara. Hon ville inte avslöja för mycket om sig själv.

"Min mormor dog och farbror Klahan erbjöd sig att ta hand om mig och hans hem låg i New York" svarade hon lätt. Hon försökte att inte visa vilket sår Malais död lämnat efter sig. Ett sådant trauma att hon inte ens till denna dag vågat sörja hennes död.

Harin nickade förstående. "Men varför tog inte din mamma eller pappa hand om dig?" kunde han dock inte låta bli att fråga.

Araya ryckte lite nonchalant på axlarna, som för att visa att hon inte alls var besvärad. "Mamma dog när jag bara var fyra år", började hon. Men hon berättade inte att hennes mamma gjort något så skamligt som att ta livet av sig. Inte trodde hon att en så upplyst man som Harin skulle dra parallell till Araya och tro att sinnessvaghet gick i arv. Han skulle nog inte ens tycka att Anong varit sinnessvag, utan bara deprimerad, och deprimerad kan alla bli ibland. Det är när depressionen blir för djup som det blir farligt. När den enda utvägen ur ett olyckligt liv tycks vara döden. Men hon tänkte ändå inte berätta om vad som verkligen hänt mamman och skammen både hon och hennes mormor fått utstå sedan dess. "och pappa, ja han har jag aldrig känt. Det var inte förrän nyligen jag ens visste vem han var."

Harin såg bekymrat på henne och lade sin hand över hennes. Han kramade om den lätt. "Jag vet hur det känns att missta någon" började han försiktigt. "Min pappa dog när jag var liten. Men inte så liten att jag inte minns honom. "

Araya nickade. Hon visste ju egentligen redan det här. Men det kunde ju inte Rin veta. Det var också något annat att höra honom säga det som att läsa om det. De hade båda upplevt sorg, men Arayas sorg var djupare. Harin hade haft tur. Han hade träffat *hennes* pappa, som hade gett honom den kärlek som egentligen tillhörde Araya. Allt det som Harin hade, borde egentligen tillhöra Araya. Det var inte så att han stulit det från henne, nej, det hela var egentligen inte hans fel. Felet låg hos hennes far som förvägrat henne hennes rätt och istället öst alla sina pengar och framfört allt, all sin kärlek på Harin. Yaya kände hur en kraftig ilska tog tag i hennes kropp. Hon var tvungen att snabbt resa sig och springa ut i vattnet för att hämta andan och komma undan. För att inte verka för konstig skrek hon: "Sisten i är en rutten sill!"

Harin förstod att hon inte ville prata om saken längre, skrattade till åt hennes flyktförsök och reste sig sedan för att springa ikapp henne. Han hann snart ifatt, tog tag i hennes midja, och kastade sig sedan med henne i famnen i det klara, glittrande vattnet. När de kom upp igen skrattade både hon och han. Araya kände att hon behövde det där. Även om han inte helt fick komma undan med det han gjort ostraffat. Hon skyndade att under lekfulla former stänka vatten på honom. Han följde hennes exempel och snart kunde ingen annan vara i närheten utan att få vattenstänk på sig. Det hela var mycket lyckat. Det var Araya som till slut fick ge upp. Hon höll upp händerna och sa: "Jag ger mig. Jag ger mig."

Harin slutade genast. Han såg på henne och log. Hennes långa, underbara, kastanjebruna hår låg i stripor längst kinderna, halsen och ryggen. Hon såg totalt dränkt ut och han kunde inte låta bli att skratta. Hon såg på honom, insåg att det var hon som såg rolig ut och skrattade hon med. Men så slutade hans skratt, hans blick blev mörk och intensiv, med snabba steg tågade han fram till henne och lät sina läppar täcka hennes. Hon blev till en början ställd, men besvarade snart hans passionerade kyss. Dom njöt av varandras mun och läppar och ett virrvarr av känslor svämmade över dom båda. Dom slutade inte förrän en tonårspojke en bit bort ropade åt dom att skaffa ett rum. Dom slutade då genast, skrattade båda lite generat, samtidigt som ingen av dom kunde låta bli att le.

Det var inte förrän under strandpromenaden senare som Araya gav sig tid att tänka. Vad betydde allt det här? Varför tyckte hon så mycket om att han kysste henne? Han var hennes fiende. Hon borde känna sig äcklad, det borde vara en uppoffring från hennes sida och inte en önskan. Hon kände sig plötsligt rädd. Hur skulle det här påverka hennes planer? Men så förhärdade hon sitt hjärta och tänkte: "Ingenting, det här ändrar ingenting. Det är bara lust. Ren och skär lust. Han ser bra ut, helt enkelt. Han fick henne att tända helt enkelt. Det var bara kroppsliga känslor. Känslor hon visserligen inte känt förut, men ändå helt naturliga. Hon behövde inte vara rädd för dom. Hon behövde bara ta kontrollen över dom. Och skulle det bli för svårt, ja vad hindrade henne från att njuta av hans kropp och närhet innan hon krossade hans hjärta?

*

KAPITEL 11

Följande veckor gick de på otaliga dejter. Dom hade varit på bio, sett pjäser, besökt stora museum och till och med klättrat på klättervägg. Och idag skulle han besöka den lägenhet hon börjat hyra bara två veckor tidigare. Dom hade bestämt att dom skulle baka cupcakes. Harin hade aldrig bakat förut, faktum var att han knappt satt sin fot i köket under hela sitt trettioettåriga liv. Men han skulle få tillbringa en hel eftermiddag med Araya och det var nog det bästa han visste. Det spelade ingen roll, han hade alltid en underbar tid tillsammans med Araya. Hon var sexig, rolig och spännande. Hon var inte rädd för att prova på nya saker och heller inte för ytlig för att undvika kulturella saker.

Förutom hur fantastisk hon var passade dom så bra ihop. Han tänkte på deras första kyss och alla dom andra kyssarna efter det. För varje dag som gick var det svårare och svårare att inte ta henne till sin säng. Men han respekterade henne och ville varken gå för fort fram eller få henne att ge honom mer än vad hon var redo att göra. Dessutom var han en mycket traditionell man med höga värderingar. Även om han inte var oskuld hade han aldrig legat med en kvinna utan att vara seriös med henne. Men trots att han redan då varit seriös och trott sig, ja verkligen trott sig ha djupare känslor för dom kvinnorna, var dom känslorna ingenting gentemot vad han nu kände för Araya. Det var som skillnaden mellan en hink med vatten och hela oceanen. Han älskade henne. Insikten slog honom. Ja, han älskade henne verkligen. Men älskade hon honom? Varför kändes det som att hon höll något tillbaka? Ja, fastän han berättat det mesta om sig själv fortsatte hon att hålla tillbaka. Men han var en tålmodig man. En dag skulle hon känna likadant för honom som han gjorde för henne. Och då, då skulle han vara den lyckligaste mannen på jorden. Och inte förrän då, nej, inte förrän då skulle han gifta sig med henne och göra henne till sin. Han gissade att hon inte varit med någon man tidigare och ville därför inte ta hennes oskuld utan att dom var gifta. Det var viktigt för honom att hedra henne på det sättet.

Trots att hon ännu inte kände lika starkt för honom som han gjorde för henne, tvivlade han ändå inte på att hon hade känslor för honom. Hon var bara lite blyg och reserverad, sa han sig. Så han tänkte att det var dags för nästa steg. Han skulle ta med henne för att besöka hans föräldrar. Han tvivlade inte på att dom skulle tycka om henne. Han visste att dom båda skulle bli mycket glada. Hans mamma hade velat att han skulle träffa kärleken länge nu. Hon väntade ivrigt på barnbarn och hade han inte fel trodde han att styvfadern, Kamon kände likadant, även om han inte sa det lika öppet.

Harin hade länge lagt märke till att Araya alltid bar en enkel kedja av guld kring halsen. Han hade frågat henne om den och hon hade berättat att det var det enda smycket mormodern lämnat efter sig, och att hon alltid bar den med sig som ett minne av henne. Så dagen till ära hade han köpt ett hänge till hennes tomma kedja. När Cupcakesen var i ugnen och gottade till sig, och dom gjort klart smörkrämen till toppingen, ursäktade Harin sig med att gå på toa, men i själva verket gick han iväg för att hämta den lilla asken med det diamantprydda guldhjärtat han köpt.

Han höll asken bakom ryggen när han åter klev in i det lilla köket. Köket var trångt, speciellt för honom med sin längd, och muskulösa kropp, men det var bara till en fördel, för det innebar att dom var tvungna att vara mycket nära hela tiden. När hon hörde honom komma in i rummet vände hon sig om mot honom och log. Hon stod och slickade på en slickepott med smörkräm. Men det var inte bara munnen som varv täckt av smörkräm, En klick med rosa smörkräm satt på hennes nästipp och lockade honom att komma och smaka. Det gjorde han också. Några långa kliv och han var framme hos henne, lutade sig mot henne och kysste bort smörkrämen från nästippen. Hon rodnade djupt under hans blick. Han lade handen under hennes haka och tvingade upp hennes ansikte mot hans, med ett retsamt leende sa han: "Får jag se. Du kanske har smörkräm någon annanstans också. "

Hon tog då slickepotten med smörkräm och smetade smörkräm över sin lättfylliga underläpp. "Här" sa hon och pekade demonstrativt på läppen.

"Du var mig en kladdmaja", skojade Harin innan hans sänkte huvudet och lät sina läppar smaka på smörkrämen och hennes läppar. Efter kyssen slickade han sig om läpparna. Och sa att hon smakade mycket gott.

Hon skrattade. "Ja, det borde du om någon veta vid det här laget." Hon hade slutat räkna för länge sedan hur många gånger han hade kysst henne. Det var nästan så att det började bli jobbigt. Det var svårt för henne att bara nöja sig med att kyssa honom och inte gå längre. Även om hon hade lite erfarenhet, nära på noll, var hon inte omedveten om vad hennes kropp längtade efter och ville ha.

Han log bara till svar och sa istället: "Jag har något till dig." Han tog sedan fram asken bakom ryggen och höll fram den till henne. Hon såg förvånat på honom.

"Vad är det?", undrade hon och tog emot den inslagna asken.

"Öppna så får du se", svarade han leende.

Han hade förväntat sig att hon skulle öppna paketet försiktigt efter att konstens regler, men återigen förvånade hon honom. Snabbt som en liten iller slet hon upp pappret och öppnade asken. Hennes ögon blev stora när hon såg det rätt så stora diamantprydda guldhjärtat som låg i asken.

"Jag har länge tänkt att du behöver ett hänge till din fina guldkedja", sa han leende och väntade på att hon skulle ta upp hjärtat. Men hon såg bara storögt på honom. Osäker på vad hon kände. En del av henne kände för att gråta, så rörd blev hon av hans omtänksamma gåva. En annan del av henne blev rädd. Rädd för alla stora känslor, som rasade inom henne.

Det var ett mycket vackert hjärta, en perfekt storlek för hennes smala, långa hals. Det skulle verkligen förgylla hennes redan vackra drag. Hon blinkade bort några tårar, gjorde "wai", som brukligt, samtidigt som hon viskade ett enkelt, men uppriktigt tack. Han såg kärleksfullt på henne och svarade:

"Det var så lite så. Ska jag hjälpa dig?" fortsatte han sedan och utan att vänta på svar sträckte han ut händerna bakom hennes nacke och knäppte upp guldkedjan. Han tog sedan upp hängsmycket ur asken och satte på det på kedjan. Hon vände sig sedan om, med ryggen mot honom, för att han lättare skulle kunna sätta på henne kedjan. Hans händer darrade lätt när hans händer nuddade den lena huden av hennes nacke. Han lutade sig närmre för att se lättare och uppfattade då hennes lätta blomstriga doft, som doftade henne och inget eller ingen annan. Hon hade berättat att den var specialgjord för henne och han höll med om att den passade henne som handen i handsken.

När han var klar vände hon sig om. Med lätt andfådd röst frågade hon hur den passade henne. Han såg på henne med lidelse i blicken och sa:

116

"Jag trodde att inget kunde försköna någon så vacker som du, men jag hade fel."

Hon rodnade under hans blick och skyndade sig att skapa ett mellan rum mellan dom. Smidig som en katt ålade hon sig bakom honom och ut i hallen där det satt en spegel. Hon fingrade sedan beundrande på smycket, såg sig själv i spegeln och tänkte, vad är det för främling som stirrade tillbaka på henne. Nej, hon kände inte igen sig själv. Hennes kinder var rosiga och hennes kropp fylld av längtan och ett annat pirr hon inte kunde sätta fingret på.

Harin kom och ställde sig bakom henne. Hon kunde både se och känna hur han sänkte huvudet och gav hennes hals en lätt kyss. Hon ryste till och skulle just vände sig om och kyssa honom när timern ringde i köket och indikerade att cupcakesen behövde tas ut ur ugnen.

En stund senare, efter cupcakesen, eller muffinsen, som andra skulle kalla dom, svalnat tog Harin upp tanken på att dom skulle besöka hans föräldrar. Hans ord chockade Araya så till den grad att hon tappade en cupcake i golvet.

"Oj, så klumpig jag är" skyndade hon sig att säga och tog sedan snabbt upp cupcaken från golvet. Hon vände sig om. "Tror du att den fortfarande går att äta?"

Han ryckte på axlarna. Han lade sedan en hand på hennes och frågade henne på nytt om hon ville följa med och träffa hans föräldrar nästa helg.

Hon var inte beredd. Hon hade vetat att den här dagen och den här frågan skulle komma. Det hade ju faktiskt varit hennes mål. Men när dom kom, var hon som sagt inte beredd. Hur skulle det gå, hur skulle hon kunde låta bli att visa sina sanna känslor när hon träffade sin värsta fiende, när hon till sist stod öga mot öga med mannen som fick hennes mor att begå självmord. Till slut samlade hon sig, vände sig mot honom, tvingade sig själv att le och sa att hon gärna ville träffa hans föräldrar.

*

Det hade blivit bestämt att dom skulle äta lunch hos Kamon och Ranee följande helg. Ranee hade varit överförtjust när hennes son berättade att han ämnade presentera dom för en flicka, och Kamon delade hennes glädje. Det var första gången Harin tog med en flicka hem till dom. Det visade hur seriös han var mot henne och att hans intentioner säkerligen var långt större än att bara ha henne som sin flickvän. Om Ranee blundade kunde hon redan föreställa sig barnbarnen. Hon fick hålla sig för att inte överösa sin son med pinsamma eller allt för påflugna frågor, "vilken familj kommer hon ifrån?", "har hon några pengar?", eller kanske ännu värre; "när ska ni gifta er?", "var ska ni bo?", "när kommer barnbarnen?" Hon hade till och med börjat fundera på namn till barnbarnen, inte för att det egentligen var hennes sak att bestämma det, men hon kunde inte låta bli att hysa en förhoppning om att de i alla fall kanske skulle komma att be henne om hennes åsikt. Det kunde vara ett sätt för Harin att hedra sin gamla mamma.

När lördagen väl infann sig var Ranee nära upplösningstillstånd. Allt måste vara perfekt när Harin skulle ta med sin mystiska dam hem på lunch för första gången. Hennes stackars anställda hade aldrig varit så stressade förut. Deras madam sprang omkring som en yr höna och gav order till höger och vänster. Allt måste vara perfekt och det fick inte finnas ens en antydan till damm i något hörn. Det hade till och med gått så långt att hon skällt på dom för skuggor som bildades i hörnen, i tron att det var damm. Inte nog med att hemmet skulle vara mer fläckfritt än fläckfritt, skulle även maten inte bara vara något utöver det vanliga. Den skulle vara vackert upplagd och smakerna skulle vara utom denna värld. Denna Araya skulle vilja äta så mycket att hon rullade hem, och ett glas champagne eller två skulle göra henne avslappnad och tillfreds, kanske så att hon avslöjade eventuella bröllopsplaner. Trots att personalen ordnat med en hel del stora tillställningar och arrangemang genom åren var det här i särklass den mest påfrestande lunchen dom någonsin ordnat. En av de äldre damerna som jobbade för residenset blev så stressad att hennes blodtryck skenade i taket och hon blev tvungen att gå och lägga sig och vila.

Så äntligen svängde Harins svarta Volvo in genom de enorma grindarna och in på den långa uppfarten som ledde till hans och hans föräldrars hem. Det är inte ovanligt att vuxna barn, både gifta män med sina fruar eller ogifta män och kvinnor, fortfarande bodde hemma med sina föräldrar i Thailand. Och Harin var en mycket traditionell man, som såg det som en självklarhet att bo med sina föräldrar. Att hans hem dessutom hade flera olika sviter, alla lika stora som lägenheter, gjorde det också lättare för en vuxen man att fortfarande bo hemma och ändå känna att han fick ha det privatliv han ville ha. Men under dom få tillfällen han velat ha damsällskap genom åren hade han antingen spenderat tiden i damens hem eller på ett hotell i city. En man med Harins ekonomi hade inga problem med att betala för en lyxsvit en natt eller två om han skulle vilja det.

Hela residenset sträckte sig på ett område på flera hektar och hade ett stort garage, flera angränsande mindre hus, en tennisbana, en enorm swimmingpool, dessutom ett angränsade grönområde med tillhörande damm. I dammen simmade ett stort antal karpar i olika storlekar som matades morgon och kväll. Bara det tog en bra stund. Det var därför inte konstigt att Kamon och Ranee hade ett avsevärt antal anställda.

Harin parkerade smidigt Volvon utanför garaget och gick sedan för att öppna dörren för Araya. Hon var iklädd ett par vida, beigea linnebyxor och ett vitt linne med en öppen vit skjorta ovanpå. Det såg både ledigt, men elegant ut. Harin matchade hennes klädsel med sina enkla beigea linneshorts och marinblå bomulls t-shirt. Solen gassade och det skulle bli skönt att komma in och få ta del av den svalkande luftkonditioneringen.

Kamon och Ranee väntade på dom i entréhallen. Det var ett enormt cirkelformat rum som slutade i två rundade trappor som ledde upp till andra våningen. Båda trappornas räcken var av äkta guld. En tjuv skulle kunna tjäna mycket bara på att stjäla dom. I mitten av rummet stod ett litet bord av vit marmor med ett stort blomsterarrangemang på. Blommorna spred en behaglig doft i hela rummet. Man behövde inte gå längre än några meter i huset för att slås av all den extravaganta lyx som präglade hela residenset.

Araya kände hur hela hennes kropp fylldes av en övermannande och intensiv ilska. Det hela var så beklämmande att hon inte visste vart hon skulle ta vägen. Här hade Kamon levt som en kejsare hela sitt liv medan hon och Malai levt sämre än till och med hans tjänare. Hennes mormor hade slitit och jobbat hårt år efter år, när bara hans dekorationer hade kunnat försörja dom flera gånger om. Och så hade han mage att stå där och le mot henne. Men tids nog skulle hans leende bytas i bitterhet och han skulle få känna åtminstone en del av all den sorg och lidande hon upplevt. Men hon visste att inget hon kunde göra mot honom kunde få honom att känna samma intensiva smärta som hon känt när Malai dog, och hon trott att hon plötsligt var helt ensam i världen, utan pengar och med en ofärdig skolgång. Den hopplöshet, panik och givetvis självklara sorg hon känt efter att förlorat den enda människan i världen som hon älskade och förlitade sig på. Men hon skulle i alla fall försöka skada honom så mycket hon bara kunde. När hon var klar skulle hans företag vara förstört, han skulle ha förlorat miljoner i pengar och hans son skulle vara helt förtvivlad.

Araya fick tvinga sig att lugna ner sig snabbt. Hon ville för allt i världen inte att hennes sinnestillstånd skulle synas och att alla skulle märka just hur arg hon var. Hon gick ner på knä, bugade och gjorde "wai", för att hedra och visa sina värdar och framtida föräldrar respekt, och under tiden tvingade hon sitt hjärta att lugna ner sig.

"Mor… far", hälsade hon. Hon tackade högre makter för att det inte hördes på henne röst hur arg hon i själva verket var. Det är inte ovanligt att man i Thailand kan kalla någon för far och mor utan att man är släkt. Om man som Araya var flickvän till deras son var det inte konstigt att hon tilltalade dom som "mor" och "far". Även nära vänner kan kalla sina vänners föräldrar för "mor" och "far".

Ranee blev som väntat imponerad och rörd över Arayas fina gest. Det var inte många ungdomar nu för tiden som visade de äldre samma respekt och vördnad som Araya gjort. Hon kände genast att hon skulle tycka om sin nya svärdotter. Inom sig visualiserade hon återigen sitt första barnbarn, en liten svarthårig flicka med mörka vackra ögon.

"Men kära barn, ställ dig upp, ställ dig upp!" ojade Ranee och skyndade sig att hjälpa Araya upp.

Vid det laget hade Araya lyckats lugna ner sig så pass mycket, att när hon sedan, efter att hon med Ranees välsignelse ställt sig upp tvinga fram ett leende som såg riktigt äkta ut.

"Tack, mor", hälsade hon och gav återigen "wai" Hon såg sig sedan om i rummet och berömde paret för deras fina smak.

Kamon nickade gillande när han fick se sin förmodade svärdotters fina sätt och uppförande. Han tvivlade inte på att Harin skulle bli mycket lycklig tillsammans med henne.

Ranee berättade att lunchen snart var klar att serveras och att efter lunchen kunde Araya och Harin gå en rundtur runt huset. Hon sa inte, även om hon tänkte, "flickan ska ju i alla fall bo här inom en snar framtid".

Dom gick igenom rum efter rum med samma extravaganta lyx, även om resten av inredningen var betydligt modernare än entrén varit med sina pampiga marmortrappor med guldräcken. Arayas skådespelartalang visade inga gränser. Hade detta varit en film skulle hon vunnit en Oscar för sin roll i den. Hon log mycket och berömde om och om igen Ranee för hennes smak, utan att det lät vare sig inställsamt eller fjäskande. Men kanske var det för att hon egentligen inte behövde låtsas som att henne värdinna hade bra smak, för hon tyckte verkligen att huset var vackert inrett. Nej, själva skådespelartalangen låg nog snarare i att inte visa hur mycket hon föraktade och hatade Ranees man. För hon var tvungen att erkänna, efter att ha känt Ranee ett tag, och ätit lunch med henne, att hon var en mycket trevlig och varm person, som hon annars inte skulle ha haft något emot att lära känna.

Lunchen var överdådig och Araya kände det nästan som om hon gick upp flera kilo bara genom att titta på den. Förutom ett stort antal huvudrätter som "Tom Yum Goong" soppa, "Gaeng Keow Wan Gai", också kallad gröncurrygryta, "Suea Rong Hai" (marinerad oxbringa), "Gai Med Ma Muang" (kyckling med cashewnötter), "Kao Niew Moo Yang" spett med tillhörande klibbigt ris, fanns det också vanligt ris och ett stort antal smårätter. För att bara nämna några var det: "Pak boong", som är stekt vattenspenat, tillagad med bland annat fisksås, chili, fermenterad böna och ostronsås, och "Som Tam" också kallad för papayasallad som är gjort på bland annat strimlad grön papaya, jordnötter, tomater, vitlök, lime och fisksås. Det var en riktigt fest både för ögat och munnen. Efter middagen som tog en bra stund, då Araya förväntades smaka på alla rätter och berömma dom, serverades det något sött. Det var "roti", vilket är en form av thailändska pannkakor som serveras med banan och kondenserad mjölk. Även om rätten från början kommer från Indien är det inte ovanligt att man äter den i södra Thailand eller som här, en bit utanför Bangkok, hemma hos Kamon och Ranee Intharueangsarn, där efterrätten ofta sågs på menyn.

Under tiden dom åt av alla läckerheter frågade Ranee ut Araya om hennes familj, yrke och livssituation och blev mycket nöjd med svaren. Hon kunde lättat andas ut och tänka att en kvinna med den förmögenheten inte kunde vara efter hennes son för pengarnas skull i alla fall. Hon var också mycket imponerad över Arayas, eller Yayas som Araya bad Ranee och Kamon kalla henne, intellekt och utbildning, och tänkte att med föräldrar så framgångsrika och intellektuella som Yaya och Rin, skulle hennes kommande barnbarn komma långt i livet.

Alla Ranees vänner skulle säkerligen bli avundsjuka på henne med en svärdotter som Yaya, som var så artig, söt och intelligent. Det var inte så att Ranee hade för vana att gå omkring och skryta om sina tillgångar eller relationer, men hon hade en väninna som ofta skröt om sin son och hans flickvän. Nu kunde hon ge igen, för väninnans svärdotter kunde slänga sig i väggen i jämförelse med Yaya. Ranee riktigt satt och mös vid tanken en stund senare när det förälskade paret gick en rundtur runt huset och en bit av egendomen.

Rin sträckte sig efter Yayas hand och började sedan leda henne runt i huset och speciellt hans del av det. Under tiden frågade han blygt att om hon någonsin gifte sig, skulle hon då ha något emot att bo med sina svärföräldrar.?

Araya tryckte hans hand och sa lite lekfullt om hon svärföräldrarna var som hans föräldrar skulle hon inte ha något emot det. Ett stort fånigt leende bredde ut sig i Rins ansikte och han visste inte vad han skulle säga i sin oerhörda glädje. Till slut sa han bara: "Men så bra."

"Ja, visst är det" kontrade Yaya retsamt. Rin insåg att hon skrattade åt honom och insåg då hur komisk han måste verka och började då själv skratta. Dom stod så och fnissade som små barn samtidigt som de såg varandra i ögonen. Arayas hjärta bultade lika hårt som en glad hunds svans mot en soffa och hon började känna sig smått andfådd. Vad höll hon på med? Hur kunde hon bli så påverkad av en man hon hatade, en man som hon planerade att skada? Varför kände hon att det hon mest av allt ville i det ögonblicket, var att han skulle kyssa henne? Innan hon själv hoppade på honom var hon tvungen att sluta med dom här galenskaperna. Hon skyndade sig att se bort och frågade istället om en vas som stod på en piedestal.

Harin var också mycket påverkad av stämningen och hade nog kysst henne om hon inte sett bort. Hela hans kropp brann av lust. Han skulle nog bli tvungen att komma på ett bra frieri snart så att de sedan kunde gifta sig och han kunde ta henne till sin säng. Men även om Harin först blev lite ställd över hur hon plötsligt bytte ämne, hämtade han sig snart. Han såg att hon behövde samla sig lite och förstod varför, han kände ju som sagt samma sak. Han kunde inte låta bli att känna sig glad. Det här betydde att hon visst kände samma sak som han och troligtvis var lika kär. Varför annars skulle hon se på honom med den blicken eller gå med på att besöka hans föräldrar? Som tidigare kom han fram till att det var blyghet som höll henne tillbaka. Han tänkte återigen flyktigt på hur han skulle gå tillväga när han väl friade. För nu hade han helt bestämt sig. Det fanns inga hinder längre, hans föräldrar älskade henne, hon verkade komma bra överens med dom också. Och ännu viktigare, han var nu säker på att hon också älskade honom.

*

KAPITEL 12

Det tog Harin några dagar att tänka ut det perfekta
frieriet. Dom hade inte känt varandra så länge och
egentligen visste han inte så mycket om henne för att
veta vad hon skulle gilla för frieri. Men vad gjorde det,
dom skulle ju ha hela livet på sig att lära känna
varandra. Efter några googlingar om "det perfekta
frieriet" i sökande efter tips utan att hitta vad han
sökte, kom han till sist på idén att ta med henne på en
tur till sin vän, Pathapee Taweephols vingård. Där
skulle dom kunna spendera natten i en av hans väns
gäststugor och när solen gick ner på kvällen, med ett
varsitt glas vin i handen skulle han gå ner på knä och
fria.

När han väl bestämt sig var det bara att ringa sin
kompis och höra om det var okej att dom besökte och
bodde på hans vingård en natt. Han berättade givetvis
också om sina planer på att fria och vännen ställde
mycket gärna upp. Han gick sedan till en juvelerare och
valde ut en enkel, med elegant och tidlös ring i guld
med en stor dyndiamant i mitten, med en rad av
mindre dynslipade diamanter på var sida. I den
graverade han in datum och deras namn. Den passade
mycket bra till hennes enkla halsband och det
hjärtformade hänget han köpt till henne tidigare. Han
köpte även en enkel, guldring till sig själv med samma
gravering.

När han var klar ringde han Yaya och bjöd samma helg med henne till sin väns vingård. Yaya blev till en början överraskad. Hon visste givetvis att han hade en vän som ägde en vingård, men visste också att dom inte träffades fler än några gånger per år och hade därför inte förväntat sig att träffa den vänner förrän, på möjligtvis, bröllopet. Men hon hade några betänkligheter. Skulle de bli tvungna att dela rum om dom åkte dit, frågade hon sig med skräckblandad förtjusning. Och om det blev så, hur skulle hon göra då? Tänk om dom skulle dela säng och Rin inte hade en tanke på att bara sova. Om hon gav med sig, så som hon inte någonsin tänkt gjort från början. Skulle han då tappa intresset när han fått vad han vill ha, eller skulle det få honom att vilja gifta sig med henne så fort som möjligt. Och hon då, som aldrig legat med en man förut, hur skulle hon regera? Skulle hon gilla det? Om inte, skulle hon kunna fejka sin njutning? Det skulle bli farligt att vara ensam med honom på hans väns vingård? Men efter en stunds tvekan tackade hon ändå ja. Bollen var redan i rullning och hennes planering gick stadigt framåt. Hon kunde inte backa ur nu. "Det var bare å åk".

Veckan gick fort och fastän dom pratade flera gånger om dagen, förutom den sms-kontakt dom också hade, hade Harin verkligen saknat Yaya. Han kände att han ville gifta sig så fort som möjligt så att han aldrig mer skulle behöva vara ifrån henne i flera dagar.

Så kom lördagen och Harin hämtade upp Yaya kl. 10, utanför lägenheten hon hyrde. Dom hade ätit middag kvällen innan, så han inte behövt sakna henne längre än några timmar den här gången, innan dom träffades igen. Harin kom något tidigt. Han klev därför ur bilen under tiden han väntade på Yaya och stod sedan lutad mot bilens ena sida iklädd sina marinblå linneshorts och vita bomulls t-shirt. Temperaturen var redan över tjugofem grader, men vinden dämpade värmen något och rufsade om hans hår. För ögonen hade han ett par coola märkes-solglasögon.

Han såg fantastisk ut där han stod med armarna i kors, lutad mot bilen, kunde Araya inte låta bli att tänka så fort hon såg honom. Hon kunde inte låta bli att le och höjde handen i en lätt vinkning. Han vinkade leende tillbaka och kom för att möta henne och ta emot hennes lilla resväska. De hälsade genom att kramas lätt och han gav henne en flyktig kyss innan han gick för att lägga hennes resväska i bagageutrymmet. Hon gick efter och väntade sedan på att han skulle öppna passagerardörren till henne. Själv bar hon en söt kort och vit spetsklänning samt ett par enkla sandaler med vita remmar. På remmarna satt det små, fyrkantiga Swarovskikristaller som gnistrade i solen.

Hela resan till Pak Chong distriktet och "Charoensuk Ambhom Vineyard", som hans vän Pathapee Taweephol ägde tog ca två och halv timme. "Charoensuk Ambhom" betyder ungefär "blomstrande himmel" och ett mycket passande namn på hans väns vingård. Det låg väldigt vackert beläget i Pak Chong distriktet, inte alltför långt bort från nationalparken "Khao Yai". Men den skulle dom inte ha tid att besöka den här resan. Charoensuk Ambhom Vineyard var verkligen en blomstrande rörelse där himlen oftast var klar och blå. På Charoensuk Ambhom Vineyard tillverkade man både vita, röda och mousserande viner. Den hade bra rykte och den inhemska och den utländska försäljningen var stor.

Dom var framme lagom till lunch. En enkel med mycket smakrik och god Pad Graprao med kyckling, stark basilika, chili, vitlök och grönsaker serverades och Pathapee satt med dom och åt. Han berättade livligt om sin vingård och dom fick smaka flera av hans viner till lunchen. Vanligtvis gillade Araya amerikanska viner, gjorda på bland annat Zinfandel druvan, och hon hade trott att hon skulle bli föga imponerad av dom thailändska vinerna, men blev till sin förvåning, mycket förtjust i Pathapee viner, både dom vita och dom röda. Hon frågade om hon fick köpa några flaskor och ta med sig hem. Det kom inte på fråga, sa Pathapee. Givetvis skulle hon och Harin få så många flaskor dom ville med sig hem, dom behövde verkligen inte betala för sig.

Efter lunchen gav Pathapee dom en rundtur runt hans enorma vingård. Eftersom vingården var flera hektar stor behövde de åka bil emellanåt för att ta sig fram. Men fick ändå över femtontusen steg på sina stegmätare. Pathapee var en mycket underhållande och karismatisk man. Det var en fröjd för Araya att lyssna på honom. Harin tyckte att hon verkade uppskatta det lite väl mycket och kunde inte låta bli att känna sig smått svartsjuk. Det yttrade sig i att han drog Yaya till sig och gav henne en kyss just som Pathapee pratade om beskärning. Men han blev inte sur för att han blev avbruten utan gladdes med sin vän och hans nyfunna kärlek. Araya däremot blev förvånad och undrade vad Rin höll på med. Hon gav honom en frågade blick, men han ryckte bara lätt på axlarna och viskade till henne att lyssna noga på hans vän när han talade. Det var ju det jag gjorde, tänkte Arayas smått förargat. Men hennes irritation varade inte länge, för snart var det dags för dom att smaka de blåa druvorna. Druvorna var både krispiga och söta och det var svårt att låta bli att äta fler än en. Men inte heller där var Pathapee snål. Han sa att de fick äta så mycket dom ville och skar till och med bort en hel klase till Araya som hon satte igång med att äta ifrån. Harin hade under tiden bara stått och sett på. Han slogs om och om igen över hur vacker hon var och han tyckte om att se Yaya njuta av dom söta druvorna. Han slogs plötsligt av en stark och intensiv önskan att återigen kyssa henne. Men han höll sig och nöjde sig med att se på henne med en varm, kärleksfull blick.

När hon märkte att han inte åt något höll hon frågande upp klasen mot honom. Han svarade genom att sträcka fram ansiktet mot henne och öppna munnen. Hon förstod att han ville bli matad. Hon skakade lätt på huvudet åt hans barnslighet, men gick sedan med på hans begäran och matade honom med en druva. Han tuggade leende och nöjt på den och öppnade sedan munnen på nytt. "Jaså, minsann", tänkte hon förargligt och drog sedan bort fyra druvor från klasen, som hon sedan pressade in i hans mun. Han försökte skratta med det var svårt med så många druvor i munnen samtidigt.

Efter att han tuggat ur och hon frågade om han ville ha mer, skakade han snabbt på huvudet och sa "Nej, tack inget mer… snälla".

Araya höll då upp klasen mot honom och frågade med en röst som dröp av retsamhet "Är det säkert att du inte vill ha mer?"

Han skakade häftigt på huvudet, lyfte resignerat upp händerna och sa: "Nej, verkligen inget mer." Hon såg belåten ut efter att ha plattat till honom så. Han gillade det nöjda uttrycket i hennes ansikte och kunde inte låta bli att ge henne en snabb puss på kinden. Hon gav honom en förvånad blick, men inombords kunde hon inte låta bli att le. Han var allt bra söt ändå, tänkte hon med ett leende. När hon kom på sig själv med att tänka så fåniga tankar, blev hon irriterad på sig själv och påminde själv återigen om sin plan och sitt mål. Hon skulle aldrig låta sitt hjärta smälta, det lovade hon sig.

Pathapee skrattade åt kärleksparet och åt själv några druvor. Trots att det fanns ett överflöd av druvor och han åt dom ofta, tröttnade han aldrig på den goda, krispiga och söta smaken. Han fortsatte sedan rundvandringen någon timme till, innan han rundade av och dom åkte hem till honom för att dricka en kopp kaffe och äta något sött.

Efter fikat tog dom det lugnt några timmar innan det var dags för middag. Deras värd ursäktade sig då med att något brådskande dykt upp så att han inte kunde äta middag med dom. Kärleksparet fick därför avnjuta middagen ensamma. Denna kväll serverades det västerländsk, med en oxfilécarpaccio, med parmesan, pinjenötter och ruccola till förrätt. Det serverades även oxfilé till huvudrätten som bestod just oxfilébitar tillsammans med hemmagjord färsk pasta och en sås med smak av stekt kantarell, timjan, grädde och fond. Till efterrätt fick dom ett stort fat med frukt och goda ostar.

Araya njöt i stora drag av maten, även om hon åt långt ifrån lika mycket som Harin. Dom hade varit ute i solen hela dagen, och trots att hon burit hatt kände hon av värmen och det dämpade hennes aptit och gjorde henne lätt dåsig. Harin lade märkte till det och frågade om hon ville vila lite. Det ville hon. Så efter middagen satte dom sig en hammock, tätt intill varandra med hennes huvud vilandes på hans axel. Dom satt så under tystnad och väntade och bara njöt av varandra och av den vackra utsikten över druvfälten.

Dom satt fortfarande så när solen började gå ner, och eftersom Harin inte ville förstöra stämningen med att putta bort Yaya, resa sig för att sedan gå ner på knä och fria, låg han kvar i hammocken, med henne tätt intill. Utan att störa Yaya allt för mycket lyckades han fiska upp asken med ringarna ur fickan. Han öppnade den framför hennes ögon och viskade "Vill du gifta dig med mig?" i hennes öra. Även om han inte kunde se hennes ansiktsuttryck kände han hennes nickande huvud mot sin axel.

Så plötsligt hände det, tänkte Araya. Det hela gick faktiskt snabbare än vad hon trott. Framför henne gnistrade en makalös ring. Han hade verkligen friat. Och det hade varit förvånansvärt vackert. Ja, hon kändes sig nästan rörd. Men bara nästan, ja det var inte för att hon var rörd som hon höll på att gråta, utan det var av lättnad över att han äntligen friade, sa hon sig.

"Ja, jag vill gärna gifta mig med dig", svarade hon och vred huvudet mot honom. Hon såg på honom med ett leende och i hennes ögon glittrade tårarna. Han tog upp ringen ur asken, hon sträckte automatiskt fram handen och under dom sista värmande strålarna från solen trädde han på förlovningsringen på hennes finger.

Och för första gången viskade han: "Jag älskar dig " och kysste henne på huvudet.

Och så hade han sagt det de 3 små viktigaste orden en människa kan säga. Han hade sagt att han älskade henne, men hon sa inte det tillbaka. Istället såg hon blygt på honom och verkade genom det visa att hon inte "vågade " säga samma ord tillbaka. Men han var ändå säker på att hans känslor var besvarade och pushade henne därför inte.

Araya såg länge på ringen och hatade känslan av värme hon kände i bröstet. Men det var inte bara en värme hon kände, det var en isande kyla samtidigt, en kyla som nog i själva verket kallades "dåligt samvete". Han var så fantastisk mot henne, och älskade henne genuint. I alla fall trodde hon det. Och hon planerade att krossa hans hjärta och trampa på hans kärlek. Och det fanns inget, nej inget som gjorde att han förtjänande det. Men hon kunde inte sluta nu. Hon hade kommit så här långt och hennes pappa måste straffas för det han gjort med hennes mamma, henne och hennes mormor. Det var alltid oskyldiga som kom till skada i krig, det var oundvikligt. Och hon befann sig i själva verket i krig, i ett hämndkrig mot Kamon och Harin skulle bli skadad. Så var det bara. Hon fick inte vekna nu. Hon måste vara stark.

Harin avbröt hennes tankar genom att be henne sätta på honom den andra ringen som låg i asken. Darrandes tog hon upp ringen och trädde den på Harins vänstra hand. Nu var de förlovade. Hon såg på deras händer sida vid sida och dom ringprydda fingrarna. Deras händer såg bra ut tillsammans. Hon såg på sin ring och måste medge att hon inte kunde ha valt bättre själv. Den passade henne perfekt och var just i hennes smak, med sin tidlösa elegans. Återigen drabbades hon av dåligt samvete. Men även denna gång förhärdade hon sitt hjärta och sinne och beslöt sig för att fortsätta med sin plan.

Hon avbröts återigen i tankarna när Harin lade en hand om hennes haka, böjde på huvudet och gav henne lång en kyss. Han läppar dansade över hennes läppar som en intensiv tango. Hon besvarade genast hans kyss. En stund senare, utan att hans läppar lämnade hennes, lyfte han smidigt och lätt upp henne som i sin famn, som om hon vore en prinsessa och bar iväg henne till deras stuga, sovrum och säng.

Han lade försiktigt ner henne i sängen och tänkte just slita av sig skjortan då han kom ihåg sitt löfte om att inte ligga med henne förrän dom var gifta. Ja, han skulle hedra henne genom att vänta. Vänta tills de var äkta man och hustru. Han hejdade sig därför, kysste henne i pannan och sa att han var trött och behövde ta en dusch innan det var dags att sova. Han frågade om han fick använda badrummet först.

Hon nickade förvirrat och såg sedan på hur han tog ett par rena boxerkalsongen och en t-shirt och gick in i badrummet. Vad var det just som hände, frågade hon sig. Hela hennes kropp brann och hade han inte slutat hade de legat nakna nu, tätt omslingrande, fullt upptagna i en het älskog. Men kanske var det här för det bästa. Kanske skulle det vara svårare att hålla distansen och skydda muren runt hennes hjärta om hon låg med honom. Ja, hon sa sig så, men inombords önskade hon att han var kvar och naken i hennes famn.

Harin kom ut en stund senare iklädd boxerkalsongerna och den gråa t-shirten. Han visade med en gest att hon kunde gå och göra sig iordning om hon ville. Innan hon gick tog han en kudde och ett av täckena från sängen och gick och lade dom i soffan, som stod i rummet.

"Du kan ta sängen, så sover jag här i natt", sa han och puffade till kudden innan han lade sig ner.

Han förvånade återigen Araya, men eftersom hon bestämt sig för att inte ligga med honom kände hon sig samtidigt lättad. Hon skyndade sig att fiska upp rena kläder, tandborste och andra toalettartiklar ur väskan och gick sedan in i badrummet för att göra sig i ordning.

Det blev en lång natt för dom båda...

*

KAPITEL 13

Bröllopet hölls bara tre veckor senare. Ranee hade
varit en klippa och hjälpt Araya med planeringen. Det
var också hon som varit med och hjälpt Araya välja
brudklänning. Harin och Araya hade valt att inte ha ett
traditionellt bröllop konstigt nog. Hade Araya verkligen
gift sig av kärlek, och inte, som nu, av hämnd, så hade
hon valt att ha ett traditionellt bröllop, med
traditionella thailändska kläder. Men eftersom hon såg
det hela som en fars eller bara som en del av sin plan,
så valde hon att gifta sig på västerländskt vis. Hon
skulle därför bära en vit bröllopsklänning i stället för
dom traditionella thailändska kläderna, med delad kjol
och linne och sari eller sjal, som det också kunde
kallas, över axlarna. Trots att Araya spenderat de
senaste 10 åren I USA kände hon sig inte som en
amerikanare, men hon kände sig heller inte som en
thailändska, utan undrade var hon egentligen hörde
hemma? Hon undrade var hon skulle bo efter att
hämnden var slutförd och hon skilt sig från Harin.
Skulle hon stanna i Thailand eller skulle hon återvända
till USA? Hon märkte hur mycket hon uppskattade och
trivdes med att vara tillbaka i Thailand. Det var här hon
spenderat sina första 14 år, det var här hon bott med
sin mormor och det var här hon hade gått största
delen i skolan. Men samtidigt älskade hon friheten
med att bo i USA och den mer vidare kvinnosynen som
fanns där. Det var inte heller lika mycket etikettsregler

och hon behövde inte särskilja på folk och folk, Ingen var värd mer än någon annan, ingen var tjänare när en annan var kung. Hon kunde hälsa på alla på samma sätt, givetvis med respekt. I USA var det inga problem med att ge en vän, till och med en manlig vän, en kram, medan det i Thailand skulle anses som en ömhetsbetygelse mellan ett par om hon gjorde så. Det var helt enkelt en större frihet i USA.

Araya märkte att hon kom riktigt bra överens med Ranee och att dom både trivdes och hade kul tillsammans. Med Ranees hjälp hade hon valt ut en vacker brudklänning med lång vit satinkjol, ett figursytt, vitt broderat liv med breda axelband och en öppen rygg. Klänningen var vacker i sin enkelhet, men samtidigt väldigt klassisk och smakfull. När dom väl hittat rätt bröllopsklänning var det Arayas tur att hjälpa sin blivande svärmor med att hitta en lämplig klänning som hon tyckte om. Det blev en marinblå fodralklänning som passade Ranees smäckra kropp som handen i handsken.

Vid en ålder, på några år över 50, var Ranee fortfarande en mycket vacker kvinna, som ofta fick beundrande blickar av olika män, till hennes mans stora förtret. Precis som sin son hade hon en ovanligt ljus hy, för att vara thailändare. Men som många andra thailändare hade hon en kort finlemmad kropp, som passade i de flesta kläder och däribland den marinblå klänningen. Hennes huvud var hjärtformat, hennes ögon mandelformade och mörka och hennes mun fyllig och söt. Men det var inte bara hennes yttre, som gjorde att hon såg så vacker ut, det var också hennes personlighet och mjuka sätt som genomsyrade allt hon gjorde och sa. Det var den mjukheten och det milda sättet som hade fått Kamon att falla för henne från början. Dom hade träffats när han mått som sämst och varit som sjukast. Men hon hade tagit hand om honom med största försiktighet och kärlek och det hade inte dröjt länge innan hon vunnit hans hjärta. I dag var dom båda lyckligt gifta och hon gladdes över att han behandlade hennes son som sin egen. Hon hade ändå gärna fått ett kärleksbarn tillsammans med honom, men eftersom cancerbehandlingen gjort honom steril var det inte ett alternativ. Det var en sorg hon burit på länge, men som kanske skulle stillas den dagen då hon fick barnbarn, hon hoppades på åtminstone tre?

Det var ett storslaget bröllop. Harins föräldrar hade hyrt ett hotell till deras förfogande. Hotellet tog hand om både mat, logi och stod för underhållningen, i form av ett band som spelade klassisk musik. Det var ett av dom exklusivaste hotellen i hela Bangkok och det kostade skjortan att bara hyra ett enkelrum där, men pengar var inget problem för Harins familj. Bara det bästa dög åt dom. Det var över 100 gäster inbjudna och de allra flesta gästerna kom från Harins vänner och släkt. Araya hade bara bjudit in ett fåtal, några vänner, men inga släktingar. Harin tyckte det att det var konstigt att hennes farbror inte skulle komma på bröllopet. Men hon hade ursäktat sig med att hennes farbror, Klahan, var sjuk och tyvärr inte kunde komma, men att han sände sina lyckönskningar. Det gjorde han givetvis inte, varför? Jo, därför att han inte ens visste att hon skulle gifta sig. Hon hade med flit inte berättat det för honom, precis som hon inte berättat om sin hämndplan. Hade han vetat, visste hon att han skulle misstycka och säkert gör allt för att hindra henne. Som tvättäkta buddhist trodde han på förlåtelse och karma och tyckte att hon borde gå vidare med sitt liv. Men det tyckte inte Araya. Hon trodde inte på karma. Hon trodde inte att man bara kunde gå och vänta och hoppas på att dom elaka skulle bli straffade, utan att man var tvungen att göra något själv också. Men för att inte väcka ytterligare misstanke hade hon köpt en present, som hon låtsades kom från hennes farbror Klahan. Det hade varit svårt att hitta en present, vad ger man till några som har allt? Till sist hade hon köpt ett mycket exklusivt och dyrbart smyckeset. Till det hade hon köpt ett kort som hon undertecknade med sin farbrors namn. Till Harin från Klahan hade hon skrivit i ett handskrivet brev där hon bad honom att ta hand om sin nya hustru och ära henne och älska henne i alla hans dagar. Hon tänkte sig att det var något Klahan skulle kunna göra, och att det kändes trovärdigt.

Förutom Harins många släktingar var flera av gästerna vänner från högskolan eller kollegor från sjukhuset. Dom satt alla mittemot podiet och såg på prästen och brudgummen, som stod och väntade på att stunden skulle komma, då bruden skulle tåga in i sin vackra klänning. Alla var förväntansfulla. Många hade aldrig sett bruden förut och undrade om hon var så vacker som ryktet sa. Andra hade inte lika snälla tankar, utan tyckte det var dumt av Harin att gifta sig med någon, som bott stora delar av sitt liv utomlands och inte kändes "helt thailändsk". Det, trots att många numera studerade utomlands och fick en bra utbildning, innan dom återvände till Thailand och till ett bra jobb eller familjeföretag.

Harin stod uppe på ett podium tillsammans med en präst och väntade på Araya. Han var iklädd en svart smoking, med tillhörande vit skjorta och svart fluga. Han såg mycket stilig ut och fick många beundrande blickar från dom kvinnliga gästerna. Det var nog inte en enda ogift kvinna i rummet, som inte önskade att hon var bruden i dag.

Så var tiden slagen och orkestern började spela brudmarschen. Kamon hade erbjudit sig att föra Araya till altaret, men hon hade tackat nej och sagt att hon gärna gick ensam. Hon tyckte inte om den amerikanska traditionen att "ge" bort bruden, på grund av traditionens ursprung, det är bara i alla fall vad hon sa. Egentligen kanske hon inte brydde sig så mycket, och hade Klahan varit med på bröllopet hade möjligheten funnits att hon bett honom "ge" bort henne. Men å andra sidan, hade Klahan varit med på bröllopet, hade det betygat att hon älskade mannen hon gifte sig med och hon hade då inte valt att ha ett västerländskt bröllop, och därför skulle heller inte frågan uppstå om vem som skulle "ge" bort henne.

I takt till musiken gick hon med sakta steg fram till podiet där Harin väntade. Ranee grät och torkade sig gång på gång med en vit spetsnäsduk. Hon tyckte att bruden var ofantligt vacker och passade mycket bra i det dyrbara smycket och diamanttiaran hon bar på huvudet. Araya hade på sin svärmors inrådan valt att inte bära en slöja, eftersom Ranee tyckte att Araya, med sitt lätt ovala ansikte skulle passa bättre i en tiara. Ranee var inte den enda som var imponerad av bruden. Harin kunde inte låta bli att gråta när han såg sin älskade brud gå fram mot honom i sin böljande vita klänning. Han torkade snabbt tårarna och såg på henne med ett leende. Själv var Araya mycket nervös, mycket mer nervös än hon någonsin trott. Hon har varit på väg att backa ur flera gånger. Hon undrade vad hon höll på med? Om allt verkligen var värt det? Men så såg hon sin far, Kamon, se på sin son med en varm och kärleksfull blick, och hon kände hur hennes hjärta återigen fylldes av hat. Det var på henne han borde se med den blicken. Det borde vara på grund av att han var "hennes" far, som han blev rörd, och inte för att han var Harins styvfar. Men återigen bevisade Araya att hon var en bra skådespelerska. Det var ingen som märkte hennes egentliga känslor. Det var ingen som märkte att hon kände hat och inte kärlek. Det var ingen som tvivlade på att hennes leende var äkta.

Prästen höll ett kort tal om trohet och kärlek, i nöd och i lust och så vidare. Araya hade förhärdat sitt hjärta så att hon inte blev rörd över hans tal, utan i stället, väntade otåligt på att det skulle ta slut. Men prästen var en skicklig talare, som även om han inte kunde beröra Arayas hjärta, hade han större tur med resten av sällskapet, alla gäster och framförallt brudgummen blev mycket berörda. Han sträckte sig efter Arayas händer och kramade dom lätt. Han såg på henne med ett leende, med en kärleksfull blick fylld av tårar och Araya kände sig tvungen att svälja hårt. Hon som gjorde allt för att inte bli berörd, hon som gjorde allt för att inte bry sig om hans blick. Att det skulle vara så här svårt hade hon aldrig kunnat anat när hon bestämt sig för att gifta sig med Harin. Men det hade å andra sidan varit långt innan hon träffade honom. Hon hade inte haft några problem med att gifta sig med en främling, men Harin kändes inte längre som en främling. Hon brydde sig om honom långt mer än vad hon vågade erkänna. Kanske att hon till och med hade blivit kär i honom? Men gud förbjude att det var sant.

Så blev det dags för brudparet att inför alla betyga sin kärlek för varandra och säga sitt "ja". Flera av gästerna höll andan när den slutgiltiga bekräftelsen på deras giftermål var klart och Harin trädde på den andra ringen han köpt på hennes finger. Det var en enkelslipad ring, också den av guld. Nedsänkt i ringen satt ett långt band av små dynformade diamanter. Både förlovningsringen och bröllopsringen kompletterade varandra bra. Eftersom män vanligtvis bara bär en ring, hade Harin tagit av sig sin innan, och lagt den i samma ask som hennes nya bröllopsring låg i. Hon kunde därför ta upp även hans ring och trä den på hans finger. Alla gästerna inklusive Harins föräldrar klappade händerna och hurrade. Bröllopsparet vände sig mot gästerna gav "Wai", tackade dom och bugade sig lätt.

Efter vigseln var det dags för alla att ta av buffen. Återigen var det västerländsk mat och alla av gästerna var inte nöjda med det. För den äldre generationen hade gärna sett traditionella thailändska rätter precis som dom hellre hade sett ett traditionellt thailändskt bröllop. Men nu var det inte dom, som gifte sig, utan det var Harin och Araya och det var därför dom som bestämde.

Araya hade en klump i magen hela vigseln och hade svårt att njuta av maten. Hade det inte varit för att Harin gång på gång iddes med att, så romantiskt, mata henne, var frågan om hon skulle fått i sig något alls. Till maten bjöds det på vin. Det var vin från Pathapees vingård och mycket uppskattat av gästerna.

Även om Harin kände en oro över att hans fru inte åt som hon borde, kunde han förstå varför, det är inte i var dag en kvinna går och gifter sig. Att dom flesta gästerna inte var annat än främlingar för henne, gjorde inte heller saken bättre. Han längtade efter brudvalsen. Att få ta henne i sin famn, och precis som de gjort på en fest tidigare, dansa tillsammans. Han tänkte tillbaka på den dansen när de hade varit på Kulaps födelsedagsfest. Han tänkte på hur hon spillt champagne på honom, och fick hålla tillbaka ett litet skratt. Han tänkte också på när han, till sin förvåning, bjöd henne till dans den gången och dom dansade till bland annat Celine Dions klassiska "My heart will go on". Han hade undrat om dom inte borde ha valt den låten att dansa till även nu, men hade kommit fram till att det på grund av låtens innebörd, inte var lämpligt. I stället hade dom väldigt klyschigt valt Christina Perri med "A thousand years."

En stund senare var det dags för tårta. Man hade tagit fram ett långt svärd som bröllopsparet höll tillsammans, och som dom skar den fem våningar höga bröllopstårtan med. Det är tradition att den som håller sin hand över den andras, är den som ska bestämma i äktenskapet. Hade Araya verkligen varit seriös med bröllopet, hade hon givetvis sett till att haft sin hand överst, men eftersom hon ändå inte tänkte vara gift särskilt länge spelade det ingen roll att Harin blev den att hålla sin hand över hennes.

Alla åt tårta med god aptit och efter tårta, avec och mycket skratt. Till och med Araya kände hur hon slappnade av och kunde njuta av den goda tårtan. Efter tårtan blev det dags för den klassiska bröllopsvalsen. Orkestern spelade den valda låten och Harin bjöd med Araya ut på dansgolvet. Det var nog Harin som var mest nervös av dom båda inför att dansa inför alla. Araya var som bekant en duktig skådespelerska, och hade egentligen inga problem med att stå i centrum, om det gynnade hennes syften. Snart skulle bröllopet vara över och hon var ett steg närmare att nå sitt mål.

*

Men bröllopsnatten blev inte som Harin tänkt sig. När det väl var dags för brudparet att bli lämnade ensamma, efter att hans föräldrar gett dom sin välsignelse och strött rosenblad över sängen, ville bruden inte uppfylla sin plikt.

"Jag är inte redo, Harin", sa hon.

Han tyckte det var konstigt, eftersom han inte varit något annat än redo, i flera veckor nu. Han tänkte att hon borde känt likadant. Men så var inte fallet för Araya. Hon skyllde på att hon kände sig så överväldigad och trött. Att hela dagen varit för mycket för henne och att dom känt varandra för kort tid för att hon skulle vara redo att ge sin kropp till honom. Även om han tyckte att det hela givetvis var mycket konstigt, var han ändå tvungen att respektera henne. Han fick helt enkelt ta sig en kalldusch. Men han kunde väl ändå hålla om henne medan dom sov? Egentligen vill inte Araya det heller. Men hon visste inte vilken ursäkt hon skulle kunna ge för att få Harin att inte hålla om henne under natten. Hon skulle ju trots allt föreställa en förälskad nygift. Bara det faktum att hon inte, så att säga, var "redo" att ligga med honom var märkligt. Hon fick därför gå med på att under hela natten ligga i hans armar, känna doften av hans hud och värmen av hans omfamning. Det var tortyr, speciellt eftersom hon egentligen ville ha honom lika mycket som han vill ha henne.

Även om Harins kände sig sårad över hennes avvisande kunde han ändå inte låta bli att tycka om att hålla Araya i sin famn hela natten, det trots att hans armar vid någon tidpunkt domnade bort.

KAPITEL 14

Efter bröllopet åkte bröllopsparet på smekmånad till den thailändska ön, som Kamon råkade äga. På ön låg en stor vit villa med stora panoramafönster. Familjen hade inte ägt den längre än 5 år och villan var därför alldeles nybyggd. Sedan dess hade dom spenderat flera veckor varje år med att besöka ön och bo i villan. Hela villan var mycket smakfullt inredd i ljusa, jordnära toner. Den låg inte heller långt ifrån stranden och det kristallklara vattnet.

Veckan gick så, dom njöt av varandras sällskap, solade och badade och lekte i sanden, lagade mat tillsammans som dom åt och njöt av, och hade givetvis mycket trevligt. Det enda molnet på himlen var det faktum att trots att dagarna gick vägrade Araya att ligga med Harin. Hon sa att hon fortfarande inte var redo och att dom känt varandra för kort tid. Återigen accepterade Harin hennes svar. Han tänkte, bara det gick några veckor skulle hon snart känna sig redo och de skulle bli man och hustru på riktigt.

Veckorna gick så utan att äktenskapet fullbordades. Det blev också bestämt att Araya skulle lägga sitt företag på hyllan och börja jobba på Kamons företag, "Intharueangsarn Medicals". Det hela hade givetvis varit Arayas idé. Hon behövde komma in med en fot på företaget för att kunna hitta den felande länken och komma på hur hon skulle krossa "Intharueangsarn

Medicals". Det blev så bestämt att hon skulle börja jobba på "Intharueangsarn Medicals" och ett kontor förbereddes åt henne.

Redan första dagen Araya började arbeta på "Intharueangsarn Medicals" tog hon sig in på företagets nätverk och började leta efter vad som kunde vara det vapen hon behövde för att krossa Kamon och "Intharueangsarn Medicals". Hon blev snart intresserad av den forskning som pågick, på en av våningarna i huset. Ett lag med forskare arbetade på ett verktyg som skulle göra det lättare att minska blodförlust under hjärtoperationer. Man var snart nära ett genombrott och produkten kunde bli redo att lanseras på marknaden. Det hela innebar att när produkten väl var klar och redo att patenteras och säljas skulle "Intharueangsarn Medicals" tjäna många miljarder dollar, och så hade Araya hittat sitt "vapen". Hon behövde bara vänta på att produkten blev klar, stjäla ritningarna och mot en stor summa pengar sälja dom till ett annat företag i samma bransch. Förutom att hon skulle tjäna mycket pengar skulle Kamon förlora mycket pengar. Men räckte det? Skulle det räcka som hämnd? Nej, det innebar ju egentligen inte att han *förlorade* några pengar, utan att han *inte fick* några pengar. Det var en väsentlig skillnad, som innebar att han fortfarande skulle vara stenrik. Och Araya ville inte att han fortfarande skulle vara stenrik. Nej, hon ville att han skulle lida så som hon lidit. Hon behövde därför komma på något annat för att förstöra för "Intharueangsarn Medicals". Men hon behövde inte tänka länge innan hon hade svaret. Hon hade ju tillgång till alla journaler, i och med att hon tagit över och hackat sig in på "Intharueangsarn Medicals" datorer.

Med hjälp av journalerna skulle hon ta kontakt med några få utvalda patienter, som hon skulle muta och som skulle hjälpa henne att krossa "Intharueangsarn Medicals". Samtliga patienter skulle träda fram och vittna om felbehandlingar och dåligt bemötande. Då skulle "Intharueangsarn Medicals" rykte få sig en rejäl törn och kanske att företaget också skulle ha svårt att få nya patienter eller "kunder". Det hela skulle påverka "Intharueangsarn Medicals" mycket. Det var en briljant plan och när hon väl sålt det nya hjärtoperationsverktyget och fått dom mutade patienterna att anklaga "Intharueangsarn Medicals" för fel behandling och dåligt bemötande och "Intharueangsarn Medicals" förlorat mycket pengar, då, ja då skulle hon begära skilsmässa från Harin och krossa hans hjärta. Och äntligen skulle Kamon få känna en del av den smärtan hon själv kände och kanske att han skulle börja hata henne, så som hon hatade honom. Men det var givetvis ingenting som påverkade henne eller som hon brydde sig om. Vad han tyckte och tänkte om henne rörde inte henne i ryggen. Det viktiga var att han fick lida. Men skulle Harin också börja hata henne? Frågan var om hon nog inte brydde sig om det?

*

Så gick veckorna sin stilla gång och Araya gjorde ett bra jobb på företaget. Alla var imponerade och nöjda med henne, framförallt Kamon. Det gick förvånansvärt bra för Araya att både bo och jobba tillsammans med Harin och hans familj, eller rättare sagt, med Kamon. Trots att hon blev tvungen att träffa Kamon så när på som varje dag, hade hon inga problem med att hålla tillbaka sitt hat. Eller i alla fall inte visa det. Men det betydde inte att hatet inte fanns där. Utan kanske att det till och med växte sig starkare, för när hon märkte hur omtyckt Kamon var, både av personal på residenset och personalen på sjukhuset, på grund av hans omtänksamma sätt, kunde hon inte låta bli att känna sig ännu mera hatisk. Det, för att hade han inte varit hennes biologiska far, och hade han inte varit orsaken till att hennes mamma tagit livet av sig, eller orsaken till att Malai, fått jobba så hårt, så var hon ändå tvungen att medge, hade hon sannolikt tyckt om karln. Men nu visste hon bättre, nu visste hon hans sanna natur och hon tänkte inte låta sig luras av honom. Andra fick tycka vad de tyckte, men hon, hon skulle inte sluta hata. Hennes hjärta skulle fortsatt vara fyllt av hat.

Så när verktyget väl var klart och hon letade upp ett konkurrerande företag var hon bara några klick ifrån att förråda Harin och Kamon. Men till sin stora förvåning fann hon att hon inte hade hjärta att svika sin man på det sättet. Hon tvekade och tvekade… och raderade så mailet med ritningarna. Det dåliga samvetet gnagde och letade sig in i hennes kött och gnagde på hennes ben. Men hon hade inte tillräckligt samvete för att inte göra någonting alls. Istället gjorde hon flera konton på sociala medier där hon lånade andras bilder och skrev skit om "Intharueangsarn Medicals" och anklagade dom för dåligt bemötande. Hon anklagade även Kamon för att vara en kvinnokarl och påstod att han varit otrogen mot Ranee. Det visste hon visserligen inte om det var sant, men samtidigt borde väl en man som Kamon varit otrogen minst en gång under deras äktenskap? Han hade i alla fall inte varit Anong trogen och det trots att han lovat att gifta sig med henne. Istället hade han lämnat henne med krossat hjärta och ett stackars hjälplöst barn. Ett barn hon i sin sorg inte kunde ta hand om. Ett barn som hon lämnade genom att kliva ut framför en buss och ta sitt liv. Och allt, allt var hans fel. Men snart skulle han få sitt straff, det skulle hon se till.

Vid middagen samma kväll beklagade sig Kamon över de elaka kommentarer som skrivits om honom och "Intharueangsarn Medicals" senaste veckan. Han berättade att det påverkat företagets aktier och att dom rasat med flera procent. Ranee undrade högljutt vem som i all sina dar ville göra dom så illa? Hon var säker på att allt som skrivits var falskt. Speciellt det om att hennes man varit otrogen. Hon kände Kamon så pass bra för att veta att han älskade henne villkorslöst och aldrig skulle se åt en annan kvinna. Han hade lärt sig sina tidigare läxor, han hade lärt sig att vara trogen. Han var inte den mannen han en gång varit, den otrogna skitstöveln som utnyttjat kvinnor och sårat sin första fru. I dag var den mannen borta och den Kamon hon kände, var en kärleksfull och ömsint man, som inte bara respekterade henne, utan respekterade också andra kvinnor. Han var dessutom en väl respekterad och omtyckt ägare och ordförande för "Intharueangsarn Medicals".

Under hela tiden så satt Araya tyst. Inom sig hade hon en obehaglig känsla. Harin såg att hon såg bekymrad ut och tryckte hennes hand under bordet.

"Var inte orolig", sa han. "Vi ska nog rida ut den här stormen. Det här kommer inte påverka "Intharueangsarn Medicals" på lång sikt och vi ska nog hitta dom som skrivit såna lögner om oss och överlämna dom till polisen. Dom kommer inte att gå ostraffade."

Araya tvingade sig att nicka och gav honom ett svagt leende. Hon sa falskt: "Med dig vid min sida behöver jag inte vara orolig. Jag är säker på att du löser det här, men om du skulle behöva hjälp så säg bara till."

"Du behöver inte oroa dig. Jag klarar det här, men tack för ditt erbjudande. Jag uppskattar att ha dig vid min sida."

Det dåliga samvetet gnagde resten av kvällen och fortsatte långt in på natten och gjorde det svårt för Araya att sova, men Harin märkte inget. Han mådde så bra över att ha Araya i sina armar. När hon vaknade nästa dag hade hon mörka ringar under ögonen. Det

155

såg givetvis Harin och han föreslog att hon skulle stanna hemma och vila lite, så att hon inte blev sjuk. Han sa att han visste att hon jobbade hårt och att företaget inte skulle ta skada av att hon tog en dag ledigt eller två. Araya skakade på huvudet och försäkrade honom om att allt var bra med henne och att hon visst orkade gå och jobba.

"Jag får ta igen sömnen i natt" sa hon.

"Är du säker så", svarade han och pussade henne på pannan. "Jag vill bara inte att du blir sjuk eller tar ut dig för mycket. Du vet att du är det dyrbaraste jag har. Jag älskar dig så mycket".

Hans ord fick henne att svälja hårt. Trots att han ofta sa att han älskade henne, ja, ibland flera gånger om dagen, så hade hon fortfarande svårt att inte bli påverkad. Dels blev hon rörd och kände en enorm värme inom sig, dels fylldes hon av samvetskval och led över vad hon tänkte göra mot honom. Men ändå, ändå tänkte hon fortsätta med sin plan.

Även om det givetvis störde Harin att hon ännu inte sagt dom tre små orden: "Jag älskar dig", accepterade han att hon var blyg, tänkte att hon en dag skulle säga just dom orden. Kanske var det samma dag som hon skulle ge sin kropp till honom och dom skulle fullborda sitt äktenskap. Men fram tills dess fick han vara tålmodig och bara vänta på henne. Men det var ju egentligen inga problem, Harin var i grund och botten en tålmodig man. Annars skulle han aldrig orka utföra

20 timmars långa operationer, med lika stadiga händer timme efter timme.

Själv på kontoret öppnade hon mappen där hon samlat ett dokument om dom patienter hon hade för avsikt att muta. Hon öppnade dokumentet och kollade på deras profiler. Hon hade ännu inte kontaktat någon av dom. Hon tvekade återigen. Var det verkligen rätt det hon gjorde? Nej, det är bara det givetvis inte. Men samtidigt, samtidigt trodde hon ju, som sagt, inte på karma. Och samtidigt, ja, samtidigt så förtjänade ju Kamon allt det hon gjorde mot honom. Och återigen att Harin skulle bli skadad, det var bara en tråkig nödvändighet. Det var inget personligt. Hon måste medge att han var en fantastisk människa, som hon tyckte väldigt mycket om. Ja, som hon kanske tyckte mycket mer om än vad hon vågade erkänna. Men återigen förhärdade hon sitt hjärta.

*

Följande vecka spenderade hon med att skriva till alla fyra patienterna. Efter att hon fått svar från alla drygt en vecka senare, skickade hon var och en, ett kuvert med pengar, och så var saken klar. Dom tog alla tacksamt emot kuverten med pengar och memorerade dom påstådda historierna hon hittat på åt dom. Hon bad om sedan att en i taget ta kontakt med en av Thailands smaskigaste skvallertidningar där dom skulle gråta ut sin historia.

Redan tre dagar senare kom den första artikeln ut. I den stod det om den första av patienterna och den felbehandling hon fått utstå. Eftersom Araya kände till hennes journal, och läst om operationen hon fått, kunde hon hitta på en felaktig, men trovärdig historia, om ett misstag som begåtts under operationen. Kvinnan påstod att hon under en halsmandelsoperation fått sina stämband skadade. Hon hade pratat med sina grannar och sina bekanta, som alla också hade fått varsitt kuvert med pengar, för att alla var med på hennes lögn. Oavsett vem som frågade skulle alla ljuga och säga att kvinnan inte längre kunde prata.

Harin som annars är en mycket lugn och lättsam man, blev rasande när han läste artikeln. Om det som stod där var sant hade "Intharueangsarn Medicals" sannerligen gjort fel och borde straffas för det. Men samtidigt tyckte han att det var konstigt, var det som kvinnan sa, så borde han väl hört talas om det innan? Hon borde väl ha kontaktat dom och bett om hjälp eller kanske till och med stämt dom? Men hon hade gjort inget av det, utan istället dykt upp som gubben i lådan, och påstått något så hemskt om "Intharueangsarn Medicals". Han ordnade med en kommitté som skulle undersöka saken så fort som möjligt, och var det sant det kvinnan sa, skulle hon givetvis kompenseras på alla sätt och vis. Men var det så att hon ljög, ja, då var det ett fall för polisen.

Araya höll tidningen i händerna med ett krampaktigt grepp. Hon hade gjort det, hon hade verkligen gjort det, tänkte hon när hon läste tidningsrubriken. Bredvid henne satt Harin. Han såg stressad ut och beklagade sig över situationen. Han ville ha tröst och kramade om henne. Det var både jobbigt och stressigt just nu. Men hon var hans klippa. Hans ankare i stormen. Så han älskade henne, det sa han gång på gång. Araya kände för att börja gråta. Hon hade så dåligt samvete. På läpparna formades orden: "förlåt mig ", men inga ord kom ut. Hon förblev tyst. Han hade inget emot hennes tystnad. Bara han fick hålla om henne var det tröst nog.

Det var inte bara Harin som var stressad och påverkad av nyheterna. Även Kamon och Ranee mådde dåligt över dagens händelser och dom falska anklagelserna som var riktade mot "Intharueangsarn Medicals".

Det blev en dyster middag den kvällen, tills Ranee slog ut med händerna och sa till alla och sluta deppa. Dom skulle klara det här och snart skulle all dålig publicitet vara borta, det lovade hon. Men det blev inte så. Istället kom det, bara några dagar senare, ut en ny nyhetsartikel i samma tidning, men den här gången var det en annan före detta patient som anklagade dom för dåligt bemötande och sexuella trakasserier. Hon påstod att en av läkarna, en gynekolog, hade tagit på henne på ett otillbörligt sexuellt sätt. Hon nämnde inte specifikt, den här påhittade gynekologen vid namn, eftersom hon inte ville skada hans familj, men försäkrade om att alla ord hon sa var sanna. Och blev hon tvungen skulle hon givetvis berätta vem han var.

Med några dagars mellanrum kom så två till nyhetsartiklar ut där "Intharueangsarn Medicals" framställdes i dålig dager. Aktierna fortsatte att rasa och patienter började lämna återbud till "Intharueangsarn Medicals", och operationer blev plötsligt inställda.

KAPITEL 15

Veckorna gick så och Harin blev tvungen att jobba häcken av sig för att reparera den skada som var orsakad. De fick ingen klarhet i vad som hänt och det var svårt att bevisa att det patienterna sa var lögner. Han hade kommit fram till att det var just lögner, men visste inte hur han skulle få alla andra att inse det, och hur "Intharueangsarn Medicals" skulle få tillbaka sitt rykte.

Det var nästan vardag nu och Araya fick gå och lägga sig ensam, eftersom hennes make fortfarande arbetade på kontoret. Han hade anställt kommittéer på kommittéer, och PR konsulter för att försöka rätta till situationen, men än så länge var det till ingen nytta. Aktierna fortsatte att rasa.

Araya började oroa sig för honom. Han började bli sliten. Han hade gått ner i vikt, hade mörka ringar runt ögonen och om hon inte misstog sig hade han fått några gråa hår. Hon led hemskt av dåligt samvete och han märkte av hennes mörka sinnesstämning, men misstog det för att hon var orolig för företaget. Det hade han till viss del rätt i. Hon ångrade verkligen vad hon gjort, men nu fanns det ingen återvändo. Hon kunde inte göra det hon gjort, ogjort.

Det blev således Harin som fick trösta och uppmuntra Araya. Han försäkrade henne att den här pärsen snart skulle vara slut och att han skulle gå vinnande ur striden. "Intharueangsarn Medicals" hade haft problem förut, ja för närmare 27 år sedan och hade klarat sig då med. Så varför skulle dom inte klara sig nu? Han undvek att säga att det var på grund av att Kamon gift sig med Intira, som företaget klarat sig.

"Oroa dig inte, min älskade. vi ska inte bli fattiga", försäkrade han henne.

Hon nickade svagt till svar och kramade hårt om honom. Hon ville inte släppa taget, hon ville aldrig släppa taget. Hon ville stå där och hålla om honom i evigheters evigheter. Det kunde dom givetvis inte göra. Det var istället dags att sova. Harin höll så om Araya i sängen. Hon väntade tills han somnat innan hon började gråta. Men ändå förhärdade hade hon sitt hjärta. Hon skulle lämna honom och krossa hans hjärta. Men frågan var bara hur skulle hennes hjärta klara det?

*

Nästa natt satt Araya som vanligt och väntade på att Harin skulle komma hem från kontoret. Han var ovanligt sen den här kvällen. Hon satt i ett av rummen närmast entréhallen och väntade. Klockan var över 12 på natten och luftkonditioneringen gjorde att det kändes kallt. Men hon hade gott om kläder på sig, en grå satinpyjamas prydde hennes kropp. Hon var för rastlös för att läsa en bok medan hon väntade eller hålla på med mobilen. Då och då reste hon på sig och gick några steg fram och tillbaka. Skulle han inte komma hem snart?

Plötsligt hörde hon steg från hallen. Det var hennes biologiska far och svärfar, Kamon som kommit ner för trapporna och kommit för att hålla henne sällskap.

"Är du inte trött?", frågade han och gick och satte sig bredvid henne. Hon stelnade till en början till, men tvingade sig att verka avslappnad. Det var första gången dom var ensamma, bara dom två och Araya kände sig verkligen inte bekväm. Hon tvingade sig att svara på hans fråga:

"Nej då, far, det är ingen fara. Jag tänker vänta på Harin." och hon ljög inte. Hon tänkte minsann inte gå och lägga sig förrän hennes make hade kommit hem och kunde lägga sig bredvid henne. Det kändes alltför tomt och kallt i sängen utan honom. Tänk att hon redan blivit så van vid hans närhet och så självklart kändes att sova bredvid honom och i hans armar. Det hade hon aldrig trott bara för några månader sedan. Hon förvånades också över att han fortfarande respekterade henne och vägrade tränga sig på, och övertala henne att ligga med honom. Hon blev varm i hjärtat när hon tänkte på hans tålamod och fina sätt. Hon tänkte på hur han respekterade henne och inte hade något emot att vänta på henne. Men han visste inte att det var lika jobbigt för henne, som för honom, att hålla tassarna borta och inte fullborda äktenskapet.

Varje natt längtade hon efter honom och precis som han gick hon upp ibland och tog en kall dusch.

"Du behöver inte oroa dig, mitt barn. Harin kommer att lösa det här."

"Ja, det gör han säkert ", höll hon med.

"Han är mycket kapabel min son. Han kommer verkligen fixa det här", försäkrade Kamon henne på nytt och klappade henne sedan lätt på axeln.

Araya nickade lätt till svar. Hon kände att hon började slappna av, och frågor började dyka upp i huvudet på henne? När Kamon gift sig med Ranee var hon fortfarande fertil ålder. Så varför hade dom inte skaffat egna barn? Araya tvekade. Hon visste inte om hon skulle våga fråga honom. Hon öppnade munnen, men stängde den snart igen. Tänk om hon råkade försäga sig? Om hon råkade visa sina verkliga känslor och sina verkliga tankar om honom. Skulle inte hennes plan bli förstörd då? Skulle inte alla hennes ansträngningar vara förgäves? Dom tankarna fick henne att förbli tyst. Men hon behövde inte säga mycket mer för snart kom Harin hem.

"Men det är ju sent! Vad gör du uppe?" Harin gick fram till henne, lyfte upp henne, sa godnatt till sin pappa och började sedan gå mot sovrummet. Araya försökte generat protestera, men han lyssnade inte. Bakom dom skrattade Kamon för sig själv.

*

Harin satt på kontoret när hans sekreterare kom in och berättade att en av de patienter som baktalat "Intharueangsarn Medicals" erkänt att hon ljög. Det var en stor seger och äntligen kände Harin att snart kanske hela den här fasen var på väg att ta slut. Harin spillde ingen tid, han packade ihop sina saker och gav sig iväg för att träffa kvinnan.

Hon bodde i ett lägenhetskomplex i en av de sämre delarna av Bangkok. Utan att veta att det var han som knackade på öppnade hon intet ont anande dörren och blev förskräckt när hon såg vem besökaren var. Hon tänkte smälla igen dörren så fort som möjligt, men Harin satte en fot mellan dörren och dörrkarmen.

"Du behöver inte vara rädd. Jag vill bara prata", försäkrade han henne. Han hade ännu inte kontaktat polisen. Han ville fråga henne själv först, varför hon gjort som hon gjort. Han förstod att det inte var någon tillfällighet att dom alla fyra gått ut i tidningar under så en kort period och baktalat "Intharueangsarn Medicals". Men han undrade vem det var som hade organiserat det hela? Var det någon av patienterna själva? Eller var det någon annan som låg bakom allt, som styrde bakom kulisserna?

Kvinnan hade inget annat val än att öppna dörren. Hon gav honom "wai" och visade sedan in honom i en gest. Hennes lägenhet var ovanligt stor. Det var inte vanligt med så stora lägenheter i det kvarteret där hon bodde. Han visste också att hon nyligen flyttat dit. Innan hade hon inte haft råd med så stor lägenhet. Det tydde också på att hon hade fått pengar i utbyte mot att ljuga och baktala företaget.

"Snälla överlämna mig inte till polisen", bad kvinnan vars namn var Chittima Potsawat.

Harin sa att om hon gick med på att berätta allt hon visste, så kanske han inte tänkte gå till polisen. Hon berättade att hon faktiskt inte visste vem som låg bakom allting. Utan att hon hade fått en mystisk e-post av en viss "Hacker555", som erbjudit henne en stor summa pengar för att ljuga och anklaga "Intharueangsarn Medicals" för felbehandling. Hon berättade att även hennes grannar och bekanta fått varsin summa pengar för att upprätthålla hennes lögn. Hon berättade också att hon var rädd, att nu när hon erkänt allt, skulle bli kontaktad av "Hacker555", som skulle be henne betala tillbaka varenda Bath. Hon försäkrade honom om att hon inte visste något om sin uppdragsgivare förutom namnet "Hacker555". Hon berättade också att hon pratat med dom andra som har haft kontakt med "Hacker555" och att dom inte visste något mer.

Hon berättade en snyfthistoria om att hon med hjälp av pengarna hon fått kunnat skicka sin dotter till en bra skola. Att dottern tidigare hamnat i dåligt sällskap och att dom här pengarna säkrat hennes framtid. Hon grät hon, gick ner på knä framför Harin och satte ihop händerna i en djup "wai", och bad enträget:

"Snälla herre, jag ber er överlämna mig inte till polisen. Jag gjorde fel och jag ångrar mig. Du måste förstå hur mycket jag behövde dom där pengarna. Att min dotter nu har en framtid, jag aldrig tidigare trott att hon skulle kunna få." Hon grät stora salta tårar, tårarna rann ner längs hennes händer och blötte ner golvet.

Harin var en generös och omtänksam man. Han kunde inte låta bli att känna medlidande med kvinnan. Han tänkte på vilken tur han själv har haft, när hans mamma träffade Kamon, och han gick från att vara fattig till rik. Pengar kunde göra stor nytta och hjälpa på många sätt. Dom är inte att förakta.

Harin la sina händer på hennes och tryckte dom lätt. "Oroa dig inte. Familjen Intharueangsarn förlåter dig och du kommer inte få några konsekvenser på grund av det här. Jag kommer inte att blanda in polisen annat än att dom ska söka efter 'Hacker555'".

Hon tryckte hans händer till svar och tackade honom gång på gång för hans generositet och förlåtelse. Hon berättade att hon skulle gå ut i tidningarna och berätta att det hon sagt var lögn. Hon insåg, att det givetvis, skulle förstöra hennes rykte, och att hon kanske skulle få svårt att få jobb, men vad villig att göra det, för att ge "Intharueangsarn Medicals" upprättelse. Harin försäkrade henne därför att om hon fick svårt att få jobb kunde hon vända sig till sjukhuset eller kontoret och hon skulle få ett jobb. Hon tackade honom återigen översvallande.

"Tack, tack herre."

Senare samma eftermiddag hade Harin hunnit besöka
även de andra tre och även dom hade varsin
snyfthistoria att berätta. Precis som han lovat Chittima
Potsawat lovade Harin dom att han inte skulle
överlämna dom till polisen, men att han behövde
deras e-postkonversation med "Hacker555" så att
polisen hade något att gå på när dom letade efter
deras uppdragsgivare.

Hemma pratade han sedan med Kamon och berättade
vad som hänt och hur han lovat dom före detta
patienterna att deras agerande inte skulle få negativa
konsekvenser och att dom inte skulle bli överlämnade
till polisen. Han berättade också, att samtliga, lovat att
gottgöra företaget och berätta sanningen i Media.
Kamon nickade förstående och höll med om att det var
god karma att förlåta och gå vidare och att företaget
säkert skulle repa sig efter den här pärsen.

Under middagen berättade Harin sedan för Ranee och
för Araya det han tidigare berättat för Kamon. Ranee
höll med om, att det bästa var att förlåta och gå vidare
och hon var stolt över sin man och sin son, som
kommit fram till det beslutet. Araya visste inte vad hon
skulle säga. Själv var hon inte den förlåtande typen och
hade någon gjort det, dom före detta patienterna gjort
mot "Intharueangsarn Medicals", mot hennes företag,
hade hon verkligen inte förlåtit dom. Hon visste inte
vad hon skulle tänka? Å ena sidan tyckte hon att Harin

var korkad, som lät sina fiender komma undan så lätt. Men å andra sidan kunde hon inte låta bli att tänka att det kanske skulle smärta mindre att släppa taget och gå vidare, än att göra som hon, planera sin hämnd och utföra den.

Kamon kunde inte för allt i världen gissa vem det var som kunde vilja dom så mycket ont och ligga bakom alla lögnerna om dom. Han drog slutsatsen, att det måste vara samma person som skrivit allt det hemska i sociala medier om honom, hans påstådda otrohet och om det påstådda dåliga bemötandet man fick på hans sjukhus. Ranee höll med honom och undrade precis som han vem som kunde vilja dom så mycket ont. Så vitt dom visste hade dom inga fiender. Hur dom än tänkte kunde dom inte komma på en enda människa, som skulle ha kapaciteten och förmågan, för att inte tala om hatet att göra något sådant mot dom.

"Vi får nog reda på det tids nog", så Kamon. "Det är ingen idé att oroa sig. Det mesta löser sig till slut."

"Det hela är säkert bara ett enda stort missförstånd", tänkte Ranee högt. För vem som sagt skulle vilja skada dom så mycket? Det var inte logiskt. "Nej här kan vi inte sitta och deppa. Vi borde istället fira. Äntligen går vi ju mot ljusare tider", förkunnade Ranee och bad sedan en av personalen att hämta en champagneflaska. Här skulle det firas.

Araya hade svårt att matcha alla andras glädje och gjorde sitt bästa för att inte visa oron och rädslan hon kände inom sig. Tänk om Harin, med polisens hjälp, fick reda på att det var hon som var "Hacker555"? Skulle han någonsin kunna förlåta henne då?

Men det visade sig vara svårare för polisen att hitta "Hacker555" än vad Harin trott. IP adressen visade att en e post var skickat från någonstans på Elfenbenskusten och det var inte mycket att gå på. Polisen undrade om Harin kände någon i Afrika? Men han försäkrade dom om att han inte gjorde det. Polisen lovade dock att inte ge upp, utan att de skulle göra sitt bästa för att ta fast "Hacker555". Men dom kunde inte lova att det skulle bli så snart.

Men Araya var fortfarande orolig och hade svårt för att slappna av. Vad skulle hon ta sig till om Harin fick reda på sanningen? Hon slets mellan att tänka att hon inte brydde sig, eftersom hon ändå skulle krossa hans hjärta, och å andra sidan att hon inte för allt i världen ville att Harin skulle känna till sanningen? Hon försökte trösta sig med tanken; hade han kunnat förlåta dom före detta patienterna kanske han kunde förlåta henne också? Men var det inte så att hennes svek var större? Hon, som var hans hustru, och delade hans hem och hans säng.

Det hela påverkade hennes sinnesstämning och hennes aptit och det kunde inte låta bli att oroa Harin. Han förstod inte vad hon brottades med eller varför hon verkade så dyster. Nu hade ju allting löst sig. Bara dagen innan hade den smaskiga nöjestidningen varit

tvungen att gå ut med en rättelse, berätta att dom
blivit lurade och be familjen Intharueangsarn om
ursäkt. Familjen Intharueangsarn hyllades för sin
generositet, som inte polisanmälde sina anklagare eller
stämde tidningen för att ha publicerat sådana lögner
om dom. Folk hyllade "Intharueangsarn Medicals" och
sjukhuset fick fler och fler nya patienter. Allt fler valde
att använda deras tjänster.

"Hur är det egentligen, hjärtat?" Varför är du så orolig?
Vad kan jag göra för att du ska känna dig bättre?"

"Det är inget" förnekade Araya. Men Harin trodde
henne inte och godtog inte hennes svar.

"Du kan inte lura mig. Jag kan se att något är fel. Vad
är det?"

Araya tänkte snabbt. "Jag tycker bara att det är så
hemskt att det finns någon där ute som hatar oss så
mycket att dom vill skada "Intharueangsarn Medicals"
och oss."

"Ja det är lite otäckt. Men vi måste lita på polisen, lita
på att de snart tar fast 'Hacker555'. Ingenting blir
bättre av att du oroar dig. Det gör varken till eller från.
Så snälla försök att inte oroa dig. Så länge jag finns här
kommer ingen någonsin att kunna skada dig, jag
lovar."

*

KAPITEL 16

Veckorna gick utan att polisen hittade missdådaren och Araya började sakta slappna av. Hon tänkte på hur "Intharueangsarn Medicals" återhämtat sig och att det var som om ingenting någonsin hade hänt. "Intharueangsarn Medicals" var lika framgångsrikt som tidigare och aktierna hade ökat i värde högre än någonsin. Istället för att skada Kamon och hans företag, skulle man nästan kunna säga att hon hade hjälpt dom. Hon hade totalt misslyckats med sin plan. Betydde det här att hon hade gett upp. en del av henne ville verkligen ge upp. En stor del av henne. Men hon var rädd. Hon hade hållit fast vid sitt hat så länge, att hon inte visste vad hon skulle vara utan det.

Hon satt framför sin dator och tittade på ritningarna till det nya hjärtoperation verktyget. Hon funderade återigen på om hon borde skicka det till ett konkurrerande företag. Med tunga tankar scrollade hon och kollade upp och ner på dokumentet. Hon velade. Hon mindes att hon ångrade sig så mycket förra gången. Är det inte värre att sälja deras revolutionerande produkt till konkurrerande företag än att muta före detta patienter att baktala företaget? Om Harin fick reda på det vad skulle han tänka om henne då? Kanske att han kunde förlåta hennes tidigare missdåd? Men skulle han kunna förlåta henne om hon försökte skada honom på nytt?

Plötsligt hörde hon något ljud bakom sig, det var Harin som kommit in på hennes kontor och var på väg fram till henne. Hon skyndade sig att stänga ner dokumentet. och hann precis i tid.

"Oj, oj du har väl inte hemligheter för mig", så Harin bara hälften på skoj. Han kunde inte låta bli att undra vad det var hon skyndat sig att dölja. Men Araya var som bekant en duktig lögnerska.

"Jag planerar en överraskning för dig ", berättade hon. "Så du får helt enkelt ta och vänta och se vad det blir".

Harin lade armarna om henne bakifrån. Han förde bort en hårslinga och kysste henne i nacken. "Så min kära hustru planerar en överraskning till mig. Hur ska jag kunna matcha det?"

"Det behöver du inte, du har redan gjort så mycket för mig", svarade Araya.

"Det är väl du som har gjort allt för mig, min kära hustru. så jag älskar dig."

"Ja, om du säger det så. Om bara några dagar firar vi ju tre månader tillsammans."

Han såg förvånad ut. "Det har du rätt i. Jag hade totalt glömt bort det. Det är klart vi måste fira det. Jag får planera något speciellt."

Dom pratade en stund till innan han gick. Så fort han stängt dörren andades hon ut. Tänk att han nästan kommit på henne. Nu måste hon bara komma på en present till honom eller en "överraskning". Hon avbröts ur tankarna av att telefonen ringde. Hon såg att det var farbror Klahan och svarade snabbt. Trots att de pratade relativt ofta, hade hon inte träffat honom sedan hon kom till Thailand. Han berättade att han skulle komma till Thailand om några dagar och att han ville träffa henne. Tanken på att träffa farbror Klahan gjorde Araya till en början smått panikslagen, men hon lugnade ner sitt hjärta och dom bestämde träff på en restaurang i city.

*

Araya Insåg inte hur mycket hon saknat Klahan förrän hon såg honom. Hon satt och väntade vid ett bord och smuttade på ett glas bubbelvatten när han klev in i restaurangen. Han fick syn på henne vinkade och log och gick sedan med långa kliv fram till henne. Klahan var en ståtlig man, några år över 65. Han hade varit ungkarl nästan hela livet, sedan han skilt sig från sin första fru, och han inte kunnat gifta sig på nytt, nu med Anong istället, eftersom Anong vid det laget redan var död. Han ville påstå att hon var hans enda riktiga kärlek i livet. Nu hade dom aldrig haft ett förhållande, men han hade aldrig älskat sin fru eller någon annan kvinna så som han älskade Anong. Han hade kvinnoaffärer ja, men ingen som han var seriös med. I dag var han känd för att vara lite av en casanova. Men han var alltid diskret i sina affärer.

Araya kramade om sin farbror. Han höll om henne länge och pussade henne på huvudet. Han berättade hur mycket han saknat henne och undrade hur hon haft det?

Araya tvekade, men tänkte att det kanske var dags att berätta sanningen. Så fort deras lunch kommit in började hon berätta. Klahan blev mycket besviken på henne. Han skakade på huvudet flera gånger och kunde inte tro att hon verkligen gjort allt det hon berättade.

"Har du gift dig? Utan att berätta det för mig? Och han är son till din biologiska far. Men Araya, kära barn, vad håller du på med? Förstår du inte vad du gjort? Hat föder hat och ondska föder ondska. Bekämpa allt det onda med det goda."

"Åh farbror, jag vet inte vad jag ska ta mig till? Vad tycker du jag ska göra?"

"Jag tycker givetvis att du ska förlåta och gå vidare. Hat är som en förtärande eld som slukar allt. Till slut, om du inte aktar dig kommer det bli du som blir bränd och sårad."

Araya insåg givetvis att han hade rätt, men hur slutar man hata någon man hatat större delen av sitt liv. Hur förlåter man när ingen bett om förlåtelse? Hur går man vidare när den som skadad en inte ångrar sig? Faktum kvarstod, Kamon var orsaken till att hennes mamma begått självmord. Han var en mördare och förtjänar mördare att bli förlåtna?"

Som en äkta buddhist tyckte Klahan att alla förtjänar att bli förlåtna bara dom innerligt ångrade sig och slutade med sitt tidigare beteende. Han undrade om Araya trodde att Kamon var samma man som den som en gång lämnat och sårat hennes mamma. Araya var tvungen att medge att den Kamon hon kände inte alls var lik den man Malai beskrivit för henne. Men var det möjligt för en person att ändra sig så mycket?

"Klart att en person kan ändra sig. Inget är skrivet i sten. Ge honom en chans. Lägg planen om hämnd på hyllan och försök att se det bästa i din far. Kanske kommer du upptäcka att han inte alls är samma man som den som sårade Anong så mycket. Kanske allt bara är ett missförstånd? Kanske han inte menade att såra Anong så djupt? Och kanske ångrar han att han aldrig lärde känna dig, sin dotter? Vet du till exempel, om han någonsin sökt efter dig?" avslutade Klahan.

Araya skrattade bittert. "Kanske du har rätt farbror. Men jag kan försäkra dig om att Kamon aldrig sökt efter mig. Jag har aldrig varit svår att hitta. Och hade han verkligen sökt, hade han funnit."

Klahan såg sorgsen ut vid hennes ord, men han gav inte upp. "Kanske är det så", höll han med. "Men det betyder inte att han inte skulle bli glad om han visste vem du verkligen var. Tänkt på saken", bad han och tryckte hennes hand.

176

Dom släppte sedan ämnet och åt den goda pastan under lättare konversation. Innan Klahan skulle gå pussade han henne på huvudet och gav henne en kram. "Vi får ses snart igen", sa han. "Och jag hoppas att även snart få träffa din make. Jag kan se att du älskar honom."

Araya rodnade och tänkte förneka det, men Klahan avbröt henne och sa. "Det är ingen mening att förneka det, kärleken lyser tydligt i dina ögon när du pratar om honom. Jag vet för mina ögon lyser på samma sätt när jag pratar om din mor."

Hon insåg att han hade rätt. hon insåg att hon älskade Harin och tanken skrämde henne. Med skräckblandad förtjusning upprepade hon orden inom sig: "Jag älskar Harin."

Det Araya inte visste var att Boonsri, kvinnan Harin en gång gått på blinddate med, satt och åt lunch med en av sina väninnor på samma restaurang som Araya och Klahan ätit på. Och hon hade sett deras ömhetsbetygelser och missförstått dom totalt. När Klahan kramade om Araya och kysste henne på pannan hade Boonsri tagit kort med sin mobil som hon nu skickade till Harin.

Araya lämnade så restaurangen och gick för att köpa en klocka till Harin. Hon hade ju ändå lovat honom en överraskning. Det var redan samma kväll Harin bokat en restaurang där de skulle fira tre månader tillsammans som gifta.

Harin var och köpte ett smyckesset, när mobilen plingade till. Smyckessetet bestod av ett halsband av guld, med ett hänge bestående av en stor rund safir, som ramades in av ett större antal gnistrande diamanter. Till det fanns matchande örhängen, armband och ring. Han betalade och kollade sedan på mobilen. Han hade fått en serie med bilder och det han fick se på bilderna fick honom att rynka pannan. Vem var mannen Araya stod och kramade om och samma dag som de skulle fira tre månader tillsammans dessutom. Han tänkte på hur orolig och dämpad hon varit och undrade om det var för att hon hade dåligt samvete över att hon träffade en annan man. Det hela verkade rimligt. Han kände att han fylldes av både ångest och ilska. Men så lugnade han ner sig. Kanske var det hela bara ett missförstånd? Harin var ingen oresonlig man, som drog förhastade slutsatser. Innan han dömde henne måste han veta sanningen. Vem var mannen?

*

Dom hade inte mer än hunnit sätta sig innan Harin konfronterade henne och visade henne bilderna på henne och Klahan. Han gjorde allt för att hålla tillbaka sin vrede och ge henne en chans att förklara sig. Till hans stora förvåning började hon skratta.

"Och det där, mannen du ser är min farbror Klahan. Du vet att jag pratar med honom ofta och sist vi pratade berättade han att han skulle komma till Thailand. Han ville såklart träffas och vi åt lunch. Det är inte mer än så."

Harin rynkade pannan, var mannen bara hennes farbror? Det hela kändes rimligt. Han slappnade av och frågade när han själv skulle få träffa farbror Klahan. Han hade ju aldrig träffat honom eftersom han inte kom till bröllopet.

"Snart", svarade hon. "Men nu låt oss njuta av vår middag och låt oss inte gräla mer. Jag har förresten en present till dig". Ur sin väska tog hon upp en ask som hon räckte till Harin. Harin log mot henne och tog även upp smyckessetet han köpt till henne och gav det till henne. Dom öppnade sedan samtidigt sina presenter. Hon beundrade diamanterna och safiren och han beundrade den moderna och exklusiva klockan han fått av henne.

"Dom är underbara" andades Araya hänfört. Hon lutade sig sedan fram och gav honom en kyss på munnen. "Tack, älskling", viskade hon.

"Tack själv. jag älskar klockan", svarade Harin och reste sig för att gå och ge henne en ordentlig kyss.

Det var inte förrän en servitör harklade sig högt som kyssen avslutades. Vid det laget rodnade Araya högt och Harin kunde inte låta bli att le brett.

När dom kom hem gick Harin för att göra sig i ordning för sängen. Han tog bland annat en dusch. han vant sig vid att gå och lägga sig brinnande av lust, men hoppades ändå att den här kvällen skulle det bli en förändring. Med lycka i hjärta stod han och tänkte på det under tiden han duschade. Han kunde inte låta bli att tvätta sig extra noga i fall ikväll var kvällen, då deras äktenskap skulle fullbordas. Dom hade haft en underbar middag och han kände att något hade ändrats mellan dom.

Under tiden Harin duschade, knäppte Araya på sin laptop. Hon tog fram dokumentet med ritningarna och skulle just radera dom när hon kände en närvaro bakom sig. Hon hade inte hört Harin komma ut ur badrummet och inte märkt hur han ställde sig bakom henne. Med rynkad panna stod han och tittade på ritningarna på skärmen framför honom. Det där var ju ritningarna till deras nya hjärtoperationsverktyg.

"Varför har du dom där ritningarna?" undrade han utan att veta att han sagt orden högt.

"Jag kan förklara…" började Araya.

*

KAPITEL 17

Araya reste sig snabbt. "Jag kan förklara", började hon, men sen kom inget mer. Hon visste inte vad hon skulle säga eller hur hon skulle börja. Hon insåg att det var dags att berätta allt, men var rädd för hur hennes älskade man skulle reagera. Ja hon älskade honom, men hon hatade fortfarande Kamon och det komplicerade det hela. Kunde Harin till exempel förlåta henne för vad hon gjort?

Varför hade hon dom där ritningarna? Harin kände ilskan blomma upp inom honom. Han hade varit så tålmodig mot henne och väntat så länge för att hon skulle öppna sig för honom. Men hela tiden hade hon gett honom tystnad. Han började undra om hon i själva verket älskade honom.

Han satte händerna om hennes axlar och skakade henne lätt. Orden strömmade ur honom. "Varför är du alltid så tyst? Vad är det du döljer? Vem är du egentligen?" skrek han.

Araya började storgråta. Hon hade hållit så mycket inom sig så länge. Hon visste att hon hade påverkat honom negativt. Hon insåg vad hon hade gjort och tyckte att han hade all rätt att reagera som han gjorde. Men ångesten och det dåliga samvetet fick henne att gråta och hon visste fortfarande inte vad hon skulle säga.

Harin kom av sig och ångrade genast att han varit så hårdhänt. Han försökte lugna ner sig själv sa sedan med lugnare något tyst röst: "Vad vill du mig egentligen?"

Jag vet inte, tänkte hon, men det kunde hon inte säga. Istället sa hon för första gången "Jag älskar dig".

Han skrattade misstroget och tänkte på hur många gånger han sagt det, utan att hon sagt det tillbaka. Han visste inte vad han skulle tro. Han bad henne på nytt att förklara sig.

"Jag är din syster", började hon. Hennes ord fick honom att våldsamt rycka till. Hon var hans syster!? Vad menade hon med det? Var det därför hon inte ville ligga med honom? Säg inte att han gift sig med sin egen syster? Men hur var det möjligt? Han visste att hans mor inte hade några fler barn? Och hans pappa hade dött innan Araya var född. När han mindes det insåg han att hon omöjligt kunde vara hans syster. Han slappnade av och undrade vad hon menade?

"Kamon, är min biologiska far."

Harin rynkade pannan. Var Kamon Arayas biologiska far?

"Det var inte förrän för några månader sedan som jag fick reda på sanningen. Min mamma dog när jag bara var fyra år. Min mormor har berättat att hon tog livet av sig. Hon berättade också varför hon tog livet av sig. Hon berättade att det var på grund av att min biologiska far, Kamon, lämnat henne med brustet hjärta och vägrat att sörja för henne och mig, deras dotter."

Rynkan i pannan djupnade. Hade Kamon verkligen vägrat att sörja för sin dotter. Med tanke på hur Kamon varit tidigare, var det inte omöjligt att han krossat en kvinnas hjärta. Men att han inte skulle ha brytt sig om sitt eget kött och blod, sin dotter, och låtit henne växa upp i dom fattiga förhållanden Araya bara hintat om att de haft, kändes omöjligt. Med tanke på hur stolt Araya var förstod han att verkligheten nog var värre än vad hon berättat och det fick det hela att te sig ännu märkligare.

Det var bara för några månader sedan hon hade fått reda på sanningen, hade hon sagt. Harin började tänka. Hade hon vetat att Kamon var hennes biologiska far innan hon träffat Harin? Och om så var fallet, vad betydde då det?

"Visste du att Kamon var din far innan du träffade mig?

Araya nickade sakta. Hon hade svårt att svälja eftersom det satt en stor klump i halsen, en klump som fortsatte ner i magen och fyllde den. Det gjorde att hon kände sig lätt illamående. Hur skulle hon svara på hans fråga? Sanningen var ju den att hon hade vetat att Kamon var hennes far innan, och att det var därför hon inlett en relation med Harin. Att hon till och med gått så långt som att skära sig själv på låret för att han skulle vara tvungen att ta hand om hennes sår, se hennes vackra ben och förhoppningsvis bli intresserad av henne.

Harin började skratta misstroget. "Du visste alltså!" utbrast han. "Men varför har du inte sagt något? Varför tog du inte kontakt med pappa?"

Araya struntade i hans ord och fortsatte i stället sin berättelse. "Jag har hatat min far hela mitt liv. Trots att jag inte visste vem han var, hatade jag honom innerligt. Och jag lovade mig själv tidigt att om jag någonsin träffade honom skulle jag hämnas…"

Sanningen i hennes ord gick upp för honom. Hämnas, hade hon sagt. Han kände att tårarna började bränna bakom ögonen. Hon kan inte ha älskat honom?

"Jag antar att du förstår vart jag är på väg i min berättelse. När jag fick reda på att Kamon var min biologiska far, och jag fick reda på hur rik han var och hur lycklig han var, hatade jag honom ännu mer. Kunde inte låta bli att tänka att han behövde inte ens ge oss 1 % av sin förmögenhet och vi hade kunnat leva gott jag och mormor. Men han kunde inte ens ge oss det. Och sen har vi dig. hans *älskade* styvson". Hon skrattade bittert. "Mig… MIG kunde han inte älska. Men du, du är hans ögonsten. All den kärlek jag borde ha fått, fick istället *du*."

Hennes hårda ord fick Harin att blekna och vidden av hennes ord sjönk sakta in. Hon älskade inte honom, utan i själva verket hatade hon honom. En ensam tår letade sig ur hans ögon och han skyndade sig att torka bort den. Hon såg det och skämdes, men var för arg. Bara att berätta om sitt förflutna och sina planer hade fått henne att ilskna till.

"Det är jag som är 'Hacker555'. Och ritningarna, som du frågade om tidigare, de har jag för att jag tänkte sälja dom till ett konkurrerande företag. Min plan var att krossa "Intharueangsarn Medical" och ditt hjärta. Så att Kamon genom dig skulle förstå hur mycket han sårat mig."

Harin kunde nu inte hålla tillbaka sina tårar. Hur, hur hade hon kunnat göra något sådant mot dom, mot *honom*? Han som inte gjort något annat än att älska henne villkorslöst. Han som behandlat henne med respekt och heder och som inte tvingat henne att ligga med honom. Sakta kände han hur han fylldes av ilska. Hon hade lurat honom. Han kunde inte låta bli att känna sig bitter. Han torkade tårarna och sa:

"Du ville krossa mitt hjärta och du lyckades verkligen..."

Araya tog hans ord som att hon hade blivit ratad. Som att nu var det slut. Att deras äktenskap var över. Hon gick så till garderoben och började packa sin väska. När Harin såg det blev han rasande. Han gick fram till henne och tog tag i hennes axlar. Han skakade dom lätt.

"Tror du att du bara kan lämna allt och sticka?" sa han med hård röst.

Araya såg trotsigt på honom. "Tror du att du skulle kunna stoppa mig?"

Det fick honom att tända till och se rött. Han tog tag i hennes midja lyfte upp henne och gick med henne till sängen. Med en duns kastade han henne i sängen och la sig sedan ovanpå henne och började kyssa henne ilsket och passionerat. Hon försökte värja sig, men han var för stark. Med ena armen tvingade han upp hennes händer ovanför hennes huvud. Hans mun slukade hennes och han betedde sig som ett odjur.

När han började slita i hennes kläder lutade hon fram huvudet och bet honom i axeln. Han skrek till och släppte hennes händer. Hon såg på honom med tårfyllda ögon.

"Harin, vad är det du tänker göra?" viskade hon med förtvivlad röst.

Hennes blick, hennes röst och vetskapen om vad han gjort skar i hjärtat på honom. Han hade betett sig som ett monster. Hade hon inte hatat honom innan vore det inte konstigt om hon hatade honom nu. Han reste sig från sängen och torkade tårar ur sina ögon. Han skämdes, å så han skämdes.

"Förlåt mig, älskade Araya förlåt mig så mycket", bad han ångerfullt.

Araya snubblade till och torkade sina tårar hon såg på honom med misstrogen blick. Hon kunde knappt förstå att han verkligen gjort det han gjort. Och hade hon inte stoppat honom? Hade han då våldtagit henne? Hon kunde inte annat än att bara skaka på huvudet.

Han gick då fram till henne och gick ner på knä framför henne. Han försökte ta hennes händer i sina, men hon drog undan dom. Hon vill inte röra honom just nu.

"Förlåt mig", började han på nytt.

Hon skakade återigen på huvudet. Hon visste inte vad hon skulle känna just nu. Hon visste inte om hon var redo att förlåta honom. Hon gick därför till sin halvt packade väska, tog det lilla hon hunnit packa och gick mot dörren. Fylld av skam lät han henne gå. Han stod sedan framför dom stora fönsterna och såg på när hon klev in i en bil nedanför och lämnade residenset.

*

KAPITEL 18

När Araya varit borta några dagar, både från hemmet och företaget och deras son inte gick till jobbet, utan satt på rummet och pimplade i sig whisky, beslutade sig Kamon och Ranee att det var dags att prata med Harin.

Otvättad och orakad och stinkandes av alkohol halvlåg Harin och drack ur en whiskyflaska. Han var fylld av självömkan. Men samtidigt visste han inte vem han var argast på, henne som lurat honom och planerat att krossa hans hjärta eller honom själv som betett sig som ett odjur och varit nära på att våldföra sig på den kvinnan han älskade mest. Han satt så när hans mamma och styvfar kom in i rummet. Dom satte sig i varsin fåtölj mitt emot soffan där han halvlåg.

"Käre son, vad är det egentligen som har hänt?" frågade Ranee bekymrat.

"Har du och Araya grälat?" undrade Kamon.

Harin kunde inte låta bli att skratta bittert. Grälat, kunde man minst sagt säga. Hans fru älskade inte honom och med tanke på vad han gjort mot henne, så var hon säkert numera också rädd för honom.

"Lägg er inte i", bad han. Men varken Ranee eller Kamon tänkte ge sig så lätt. Någonting var helt galet och dom skulle ta reda på vad. Varför hade Araya stuckit?

"Alla grälar ibland", började Kamon.

Harin skrattade återigen bittert. "Hon hatar mig", berättade han sorgset.

"Var inte fånig", så hans mor. "Det är uppenbart för alla att ni älskar varandra. Så varför skulle hon plötsligt hata dig?

Harin började plötsligt gråta och chockade därmed sina föräldrar. Dom hade aldrig sett sin son gråta så där förut.

"Ni förstår inte. Hon hatar mig verkligen. och sanningen är att hon aldrig älskat mig".

"Men älskling varför säger du så?" undrade Ranee.

Harin berättade då vad Araya sagt, om hennes plan, och om att hon var Kamons biologiska dotter.

Kamon såg chockad ut. var det sant? Hade han en dotter? Först trodde han inte att det var sant, men så berättade Harin vad Arayas mamma hette och när han hörde hennes namn gick det upp ett ljus för honom. Han mindes mycket väl Anong, han mindes hur han lämnat och svikit henne. Hur han betett sig som ett första klassens svin. Det fanns inga ursäkter för hans beteende. Hade hans romans med Anong verkligen resulterat i ett barn? Han tänkte på alla de brev han fått från Anong som han aldrig öppnat. Hade hon försökt skriva till honom och berätta att hon var gravid. Kamon mådde inte bättre av att höra hur Anong tagit livet av sig på grund av honom. Det var så han mådde fysiskt illa. Hans fru insåg hur han måste känna det och tog hans hand i sin och tryckte den lätt.

"Du är inte samma person som du var då", tröstade hon.

Men hennes ord fick inte Kamon att känna sig bättre. Och det blev inte bättre heller när Harin berättade att Araya och hennes mormor hade haft det mycket fattigt. Till slut kunde Kamon inte hålla tillbaka tårarna. Han kände sig så hemsk. Men samtidigt gick innebörden upp för honom, han hade en dotter. Han som blivit steril efter alla cancerbehandlingar och trott att han aldrig skulle kunna få barn, hade redan ett barn. Han hade fått en liten söt flicka som idag vuxit till sig till en vacker stark ung kvinna. En mycket intelligent ung kvinna som kommit långt i livet och ägde ett framgångsrikt företag. Han kunde inte låta bli att känna sig imponerad. Hans fru delade hans tankar.

"Du har en dotter, Kamon", utbrast hon hänfört.

Kamon nickade sakta. I bröstet spred sig nu en oväntad glädje. Han kunde inte låta bli att skratta och gråta samtidigt. Han hade en dotter. Han var inne i en lyckobubbla och inte ens när Harin berättade att det var Araya som försökt förstöra för företaget, sprack den bubblan. Det var inte förrän han fick höra hur mycket hon hatade honom som hans lycka grusades lite. Men samtidigt, han hade en dotter! Hur kunde han inte vara lycklig? Vad spelade företaget för roll i jämförelse med det? Han kunde förlåta Araya på stört. Han förstod henne till och med och tänkte på hur jobbigt hon haft det. Han skämdes och lovade att gottgöra henne. Han kunde inte ändra på det som varit, men i framtiden skulle han ge henne det bästa och han skulle försöka vara den bästa pappa som han kunde. Han skulle inte svika henne igen. Det första han kunde göra för henne var att få henne att försonas med sin man.

"Var inte arg på Araya, mitt barn", började han.

"Men hon försökte förstöra företaget", protesterade Harin.

"Företaget… vad betyder företaget i jämförelse med blodsband och med äkta kärlek. Ni älskar varandra, till och med en blind kan se det. Försonas med henne."

"Men jag har gjort något oförlåtligt…" började han.

"Älskar hon dig, förlåter hon dig", sa Ranee.

"Men tyvärr älskar hon inte mig", svarade Harin sorgset.

 Kamon och Ranee visste inte längre vad dom skulle säga. När de senare låg i sängen tillsammans och pratade, kom dom fram till att Kamon måste besöka Araya och prata med henne.

*

Tidigt nästa morgon knackade det på Arayas dörr. Araya öppnade dörren och blev förvånad när hon fick se Kamon stå på andra sidan. Han frågade om han fick komma in. Araya gick genast åt sidan och visade med en gest in honom i rummet. Hon frågade om han ville ha något att dricka, men han skakade på huvudet. Dom satt sedan stelt bredvid varandra i soffan. Araya antog att han visste sanningen nu. Att han visste att han var hennes far. Hon hade så många frågor, men var rädd att hon skulle tappa kontrollen.

"Jag lovar, älskade barn. Jag visste inte. Jag visste inte att Anong blev gravid. Jag kände inte till din existens. Hade jag gjort det, självklart, självklart hade jag tagit hand om er båda."

Hans ord fick Araya att snyfta till. Hon såg på honom med tårfylld blick osäker på om hon skulle våga tro på det han sa. "Varför lämnade du henne?" frågade hon.

"Jag var ung och dum. Jag behandlade många kvinnor illa på den tiden. Din mamma var långt ifrån den enda. Men jag har ändrat mig, jag lovar. Jag är inte samma man som den jag en gång var."

"Jag har spenderat så många år med att hata dig", viskade Araya.

"Jag vet mitt barn. Jag är så ledsen. Hade jag vetat hade jag givetvis tagit hand om dig", upprepade han.

"Berättade inte mamma för dig att hon var gravid?" Araya tyckte att det var konstigt, borde inte mamman ha berättat något sådant för barnets pappa?

"Jag öppnade aldrig breven", erkände han skamset. "Du kan inte ana hur mycket jag ångrar det."

"Vi behövde dig", snyftade Araya. "Men du var inte där."

"Jag är verkligen så, så ledsen. Låt mig gottgöra dig?"

"Men jag behöver inte dig längre."

Kamon låtsades inte om hennes ord. han visste att hon var sårad och hoppades inombords att hon inte menade det hon sa:

"Men jag behöver dig." han tvekade: "...och Harin behöver dig ännu mer."

Araya skrattade bittert. Skulle Harin behöva henne? Han hatade väl henne vid det här laget?

"Ni har båda gjort fel mot varandra och sårat varandra, men ni kan gå vidare. Ni kan förlåta varandra?"

Araya skakade på huvudet. "Jag vet inte", sa hon.

Kamon Lade en hand över hennes. "Lär dig att förlåta, mitt barn".

"jag vill..." svarade hon. "Men jag vet inte om jag kan. Jag vet inte ens om Harin älskar mig längre.

"Självklart älskar han dig, mitt barn. Han sitter hemma i självömkan och dricker och saknar dig och ofantligt mycket. "

Araya blinkade det till. Var han så påverkad? Saknade han henne lika mycket som hon saknade honom? kanske var det dags att förlåta? Kanske var det dags att gå vidare? Att lägga allt hat på hyllan. Vågade hon? Ja, hon vågade.

Kamon lutade sig närmare Araya och lade armarna om henne. Hon ryckte till en början till, men accepterade sedan hans omfamning.

"Du kan inte ana hur glad jag är över att veta att jag har dig som dotter. Det är som om jag fått en ovärderlig gåva, mitt älskade barn." Han avslutade med att pussa henne på huvudet.

Araya kände hur hon började storgråta. Hon låg så i hans famn i flera minuter, grät och lät sig sakta tröstas av hans närvaro och lugnande ord. Kunde hon äntligen förlåta? Det verkade inte bättre. Hon hade äntligen fått en pappa, och han sa att han ville ha henne och älskade henne.

*

Senare samma dag hade Araya bjudit in Harin. Han hade blivit tvungen att nyktra till, duscha och raka sig. När han stod utanför hennes dörr såg han riktigt presentabel ut. Men mörka ringar under ögonen var fortfarande bevis på att han mått väldigt dåligt. Men hon måste erkänna att hon inte mått särskilt bra heller. Dom hade saknat varandra båda två.

Så fort Harin kom innanför dörren viskade han gråtandes: "Förlåt mig". Hon slog då armarna om honom och grät hon med. "Förlåt mig också. jag älskar dig så mycket", sa hon.

Hennes ord fick honom att skratta igenom gråten. Hon hade sagt att hon älskade honom och den här gången trodde han henne. "Jag älskar dig också" viskade han mot hennes hår. "Lämna mig aldrig igen", fortsatte han och kramade om henne hårt.

"Jag lovar", sa hon mot hans axel.

*

Nu var hjärtat inte längre fyllt av hat. Araya och Kamon gav sig tid att lära känna varandra. Han hade till och med kontaktat myndigheterna, först för att dra tillbaka polisanmälan mot Hacker555 och sen för att registerna henne som sin arvinge och skriva in henne i sitt familjeträd. På hennes födelseattest stod det inte längre "fader okänd". Hon hade snabbt flyttat tillbaka till Harin, Ranee och Kamon och lovade att aldrig flytta ifrån dom igen. Ranee tog emot henne med öppna armar. Araya bad dom om förlåtelse för vad hon gjort mot företaget och dom lögner hon spridit om Kamon och hans påstådda otrohet.

"Det är okej kära barn. Allt det där ligger bakom oss nu", svarade hon och kramade om sin svärdotter hårt. Nu var det dags för alla sår att läka. Nu var det en ny tid, med nya möjligheter.

Araya tänkte att nu ska det nog allting bli bra. Hon älskade Harin och han älskade henne. Ja, ja som sagt äntligen var allt hat borta och det gifta paret kunde äntligen njuta av den äktenskapliga sängen. Och det gav resultat. Till Ranee stora glädje fick hon äntligen barnbarn. Tvillingflickorna Anong och Malai föddes bara 9 månader senare.

Kamon och Araya fick tyvärr aldrig veta att Anong i själv verket aldrig tagit livet av sig. Att hon tanklöst

gått ut i gatan för att hon sett en löpsedel, som
berättade att affärmagnaten Kamon gift om sig. Det
hela hade bara varit en tragisk olycka. Men även om
dom aldrig fick reda på sanningen gjorde det ingenting,
för Araya hade äntligen fått lära sig att förlåta.

Slut

Jag vill tacka alla som hjälp till med boken. Jag vill också tacka alla som hjälpt mig med det tekniska. Ett riktigt stort tack till min goda vän, Anita Persson för korrekturläsning. Som gjort att denna bok inte innehåller fullt så många fel som min första 😊

Jag hoppas verkligen att du har tyckt om att läsa "Med hjärtat fyllt av hat" och har du inget annat för dig får du gärna kolla in mina andra böcker "När jag var du", "Konsten att leva som en man", "Eun-jeongs tvilling" och "Hon doftade Lotus".

Stort tack!

// Elin Orban